KB236573

정체성

Milan Kundera   09 L'identité

밀란 쿤데라 전집

정체성

밀란 쿤데라 이재룡 옮김

민음사

L'IDENTITÉ
by Milan Kundera

1

그들이 여행 안내 책자에서 우연히 발견한 노르망디 해변가 작은 도시의 어느 호텔. 그곳에서 샹탈은 혼자 하룻밤을 지내 보려고 금요일 저녁에 도착했다. 장마르크는 다음 날 정오무렵 그녀와 합류할 예정이었다. 그녀는 방에 조그만 가방을 두고 밖으로 나가 낯선 거리를 잠깐 산책한 뒤 호텔 레스토랑으로 돌아왔다. 7시 30분. 홀은 아직 비어 있었다. 그녀는 식탁에 앉아 누군가 그녀를 보고 다가올 때까지 기다렸다. 건너편 주방 문 곁에서는 두 웨이트리스가 한창 수다를 떨고 있었다. 언성을 높이는 것이 싫어서 그녀는 자리에서 일어나 홀을 가로질러 그들 곁에 멈춰 섰다. 하지만 그들은 수다거리에 너무 몰두해 있었다. "정말이야. 십 년이나 되었다니까. 난 그들을 알아. 끔찍해. 그리고 아무런 흔적도 없어. 감쪽같이. 텔레비전에서 야단들이야." 다른 여자. "무슨 일일까?" "상상조차 할 수 없잖아. 그게 끔찍한 거야." "살인일까?" "근방을 샅샅이 뒤졌다니까." "납치일까?" "하지만 누가, 왜? 부자도 저명인사도 아니잖아. 아이들과 부인이 텔레비전에 나왔어. 절망에 빠졌더라. 넌 어떻게 생각하니?"

그녀는 샹탈을 발견했다. "실종된 사람에 관한 텔레비전 프로를 아세요? 프로 제목이 「실종자」인데."

"네."라고 샹탈이 대답했다.

"부르디외 가족 사건을 보셨겠네요. 이 동네에 사는 사람들이에요."

"네, 끔찍해요." 샹탈이 대답했다. 비극에 관한 대화 중에 어떻게 천박한 식사 얘기를 꺼내야 할지 몰랐다. 마침내 다른 웨이트리스가 물었다.

"식사하실 거죠?"

"네."

"지배인을 부를게요. 돌아가서 앉아 계세요."

그녀의 동료가 한마디 덧붙였다. "생각 좀 해 보세요. 당신이 사랑하는 사람이 실종되었고, 그 사람에게 무슨 일이 일어났는지 영영 모르게 된다면! 미칠 노릇이죠!"

샹탈은 자기 테이블로 돌아왔다. 오 분 후에 지배인이 왔다. 그녀는 아주 간단한 찬 음식을 시켰다. 그녀는 혼자 먹는 것을 좋아하지 않는다. 아, 혼자 먹는다는 것, 얼마나 끔찍이 싫어했던가!

그녀는 접시에 담긴 햄을 자르면서도 웨이트리스가 물꼬를 터놓은 생각을 멈출 수 없었다. 우리 발걸음 하나하나가 통제되고 녹화되는 이 세계, 커다란 백화점에서는 카메라가 우리를 감시하고, 사람들끼리 쉴 새 없이 부딪치고, 심지어 섹스를 한 뒤에도 다음 날 연구소 직원이나 설문 조사원으로부터 받는 질문('섹스는 어디에서 하시나요?' '일주일에 몇 번이나 하시나요?' '콘돔은 쓰나요? 그냥 하나요?')을 피할 수 없는 세상에서 어떻게 감시에서 벗어나 흔적도 없이 사라질 수 있을까? 그렇다, 그녀는 제목만으로도 그녀에게 공포심을 일으키는 이 프로, 「실종자」를 잘 안다. 너무 진지하고 슬퍼서 그녀 마음의 벽을 여지없이 허물었던 프로였다. 마치 방송국이 외부 압력을 받아 다른 경박한 프로는 모두 포기하고 내보내기라도 한 것 같았다. 진행자는 시청자에게 실종자를 찾는 데 도움이 될 만한 증언을 해 달라고 심각한 어조로 요청한다. 프로가 끝날 때면 지난 방송에서 언급된 모든 '실종자'의 사진을 하나하나 보여 준다. 어떤 사람은 벌써 못 찾은 지 십일 년째다.

그녀는 이렇게 어느 날 장마르크를 잃는다는 상상을 했다. 오직 상상만 할 수 있을 뿐 아무것도 모르는 처지에 빠지는 것. 그녀는 아마 자살조차 할 수 없을 것이다. 자살은 배신일 것이며 기다림의 거부, 인내의 상실일 것이다. 그녀는 숨이 붙어 있는 마지막 순간까지 끊임없는 공포 속에서 살아야만 할 것이다.

2

그녀는 방으로 올라갔다. 어렵게 잠들었는데 이내 긴 꿈을 꾸고는 한밤중에 깼다. 꿈은 그녀 과거의 사람들로만 채워져 있었다. 그녀 어머니(오래전에 죽었다.)와 그녀의 전남편.(보지 못한 지 수년이 지났고 꿈의 연출자가 캐스팅 실수를 했는지 그와는 닮지 않았다.) 남편은 위압적이고 힘에 넘치는 그의 누이동생과 함께 있었다. 그리고 그의 새 부인.(그녀를 한 번도 본 적이 없었지만 꿈속에서는 그녀가 그의 부인임을 의심치 않았다.) 꿈이 끝날 무렵 그는 그녀에게 넌지시 에로틱한 제안을 했다. 새 부인은 샹탈의 입술 사이로 혀를 들이밀며 그녀의 입에 거세게 키스했다. 서로 상대방의 혀를 핥았던 혀에서 아직도 구역질이 느껴졌다. 사실 그녀를 깨운 것은 바로 이 키스였다.

이 꿈이 불러일으킨 불쾌감이 너무 커서 그녀는 그 이유를 알아내려고 애썼다. 그녀를 이토록 혼란에 빠뜨린 것은 꿈이 현재 시제를 없애 버렸기 때문일 거라는 생각이 들었다. 왜냐하면 그녀는 자신의 현재에 치열하게 집착하고 있기 때문이다. 과거, 미래, 아니면 이 세상 무엇을 준다 해도 현재와는 맞바꾸지 않을 것이기 때문이다. 그녀가 꿈을 좋아하지 않는 것은 바로 이런 점 때문이다. 꿈은 한 인생의 각기 다른 시절에 대한 수용하지 못할 평등성과, 인간이 겪은 모든 것을 평준화하는 동시대성을 강요하기 때문이다. 꿈은 현재의 특권적 지위를 부정하며 현재를 무시한다. 마치 지난밤 그녀의 꿈에서처럼. 그녀 삶의 모든 폭이 무화되었다. 장마르크, 그들의 아파트, 그들이 함께 보낸 모든 세월들이 무화되었다. 그 대신 과거가 마각을 드러낸다. 오래전부터 관계를 끊었던 사람늘이 진부한 성적 매력을 그물 삼아 그녀를 포획하려 든다. 그녀는 입안에서 한 여자(꿈의 연출자가 꽤나 까다로워 그리 추하지 않은 여배우를 캐스팅했건만)의 축축한 입술을 느꼈고 이것이 너무 불쾌해 그녀는 한밤중에 욕실로 가서 오랫동안 얼굴을 씻고 입안을 헹궈 냈다.

3

F는 장마르크의 아주 오랜 친구였다. 두 사람은 고등학교 시절부터 알고 지냈다. 그들은 의견도 같았고 모든 것에 뜻이 맞았다. 장마르크가 느닷없이 그를 결정적으로 좋아하지 않게 되어 더 이상 만나려 들지 않은 몇 년 전 어느 날까지 그들은 항상 연락을 하고 지냈다. F가 중병에 걸려 브뤼셀의 어느 병원에 있다는 소식을 듣고도 그는 전혀 병문안을 가려 들지 않아 샹탈이 가 보라고 종용했다.

옛 친구의 모습은 끔찍했다. 그가 기억에 간직한 모습은 고등학교 시절, 항상 말끔한 차림에 꾸밈없는 섬세함을 타고난 유약한 소년, 그래서 그의 앞에 서면 자신은 늘상 코뿔소처럼 느껴지던 그런 모습이었다. 예전에는 나이보다 젊어 보이게 했던 섬세하고 여성적인 윤곽이 이제는 그를 훨씬 늙어 보이게 했다. 얼굴은 사천 년 전 죽은 이집트 공주의 미라화된 머리처럼 흉측하게 작고 오그라들어 주름살투성이였다. 장마르크는 그의 팔을 보았다. 한쪽은 정맥에 바늘을 꽂아 꼼짝하지 못했고 다른 쪽은 자신의 말에 설득력을 부여하려고 큰 몸짓을 취했다. 예전부터 그의 몸짓을 보면, 몸집도 작은데 팔은 더욱 왜소하여 나무 인형 팔 같다는 인상을 받곤 했다. 이러한 인상은 그날따라 더욱 강렬했다. 그의 어린애 같은 몸짓이 이야기의 심각성과 매우 어울리지 않았기 때문이다. 의사가 의식을 회복해 주기 전 며칠 동안 지속되었던 혼수 상태에 대해 F는 이야기했다. "죽음의 문턱에서 살아난 사람들의 증언을 너도 들어 봤겠지. 톨스토이도 단편소설에서 이야기했잖아. 터널이 있고 그 끝에는 환한 빛. 서승의 배럭직 아름다움이랄까. 그런데 아무런 빛도 없더라. 정말이라니까. 더욱 끔찍한 건 의식은 멀쩡하다는 거야. 모든 걸 다 알겠고 귀에 다 들리는 거야. 의사들은 그런 줄도 모르고 내 앞에서 아무 말이나 지껄이고 심지어 내가 들어서는 안 될 말까지 하는 거야. 이제 끝장이라나. 내 뇌가 다 망가졌다나."

그는 잠깐 침묵했다. 그리고 말했다. "정신이 완전히 또렷했다는 뜻은 아니야. 모든 것에 의식은 있었는데 마치 꿈에서처럼 조금씩 변형되었어. 가끔 그 꿈이 악몽으로 변하기도 하더군. 다만 살아 있을 때는 악몽이 금세 끝나잖아. 비명을 지르기 시작하면 잠이 깨는 법인데, 나는 글쎄 비명을 지를 수 없더라. 비명 소리가 나오지 않는 것, 그게 가장 끔찍했어. 악몽을 꾸며 비명을 지를 수 없다는 것이."

그는 다시 침묵했다. 그러더니 "나는 한 번도 죽는 게 두렵지 않았어. 이젠 아니야. 죽은 후에도 살아 있다는 생각을 떨쳐 버릴 수 없어. 죽었다는 것, 그것은 끝나지 않는 악몽 속에서 사는 거야. 자, 그만두자. 다른 이야기나 하자." 하고 말했다.

병원에 오기 전에 장마르크는 두 사람 중 어느 누구도 결별의 기억을 감추지 못할 테고 따라서 F에게 건성으로나마 몇 마디 화해의 말을 건네야 할 것이라고 믿었다. 그런데 그는 괜한 걱정을 한 것이다. 죽음에 대한 생각 때문에 다른 화제는 꺼내지도 않은 것이다. F는 다른 주제로 이야기를 옮기려는 듯하다가도 고통 받는 자신의 몸에 대해 얘기를 계속했다. 그의 이야기가 장마르크를 우울하게 만들었지만 어떤 동정심도 불러일으키지 않았다.

4

그는 정말 냉정하고 무감각한 사람일까? 몇 년 전 어느 날, 그는 F가 자신을 배신했다는 것을 알았다. 아, 이 단어는 너무 낭만적이며 분명히 과장되었다. 하지만 그는 충격을 받았다. 그가 불참했던 어떤 모임에서 모든 사람이 장마르크를 공격했고 그 때문에 얼마 후 그는 직장을 잃었다. 그 모임에 F가 있었다. 그는 그 자리에 있었으면서도 장마르크를 감싸는 말 단 한 마디도 하지 않았다. 평소에 그토록 즐겨 흔들었던 그의 왜소한 팔은 친구를 위해서는 미동도 하지 않았다. 실수하고 싶지는 않았으므로 그는 F가 정말 침묵했는지 세세히 확인했다. 완전한 확신이 서자 몇 분 동안 영원한 상처를 받은 듯한 느낌이 들었다. 그리고 다시는 그를 보지 않으리라 결심했다. 그러자 금세 그는 설명할 수 없는 쾌활한 느낌, 짐을 덜어 버렸다는 홀가분한 느낌을 받았다.

F는 자신이 처한 불행에 대한 설명을 마쳤고 잠깐 침묵한 후에 조그만 미라 공주의 얼굴이 환해졌다. "우리가 고등학교 시절 나눴던 대화 기억하니?"

"글쎄." 하고 장마르크가 말했다.

"네가 여자아이들에 대해 얘기할 때면 나는 항상 선생님 말씀을 듣듯 경청했지."

장마르크는 옛 기억을 더듬었지만 자신의 기억 속에서 예전에 나누었던 대화의 흔적을 찾을 수 없었다. '열여섯 살짜리 풋내기가 여자에 대해 무슨 이야기를 할 수 있었을까?'

"여자아이들에 대해 뭔가 이야기하던 네 앞에 서 있던 내 모습이 눈에 선하다. 기억나니? 그토록 예쁜 몸이 배설 기계라는 사실에 나는 항상 충격을 받곤 했지. 전에도 말했듯이 나는 여자애가 코를 푸는 모습을 차마 눈 뜨고 볼 수 없었어. 그때 네 모습이 눈에 선해. 너는 우뚝 멈춰 서더니 나를 찬찬히 뜯어보며 진지하고 단호하고 묘하게도 경험자다운 어투로 이렇게 말했지. 코 푸는 모습? 너는 여자의 눈이 어떻게 깜박이는가만 보아도, 각막 위로 움직이는 눈꺼풀만 보아도 참을 수 없는 구역질이 난다고 했지. 그 말 기억하니?"

"아니." 하고 장마르크가 대답했다.

"어떻게 그걸 잊을 수 있니? 눈꺼풀의 움직임. 그토록 이상한 생각을 말이야."

하지만 장마르크는 진실을 말했다. 그는 기억하지 못했다. 하긴 그의 기억 속에서 찾아보려고조차 하지 않았다. 그의 생각은 다른 데에 가 있었다. 우정을 지속하는 진정하고 유일한 이유. 친구 사이의 옛일을 회상하며 끝없이 주절거리지 않는다면 이미 오래전에 지워졌을 과거의 모습을 비춰 볼 수 있는 거울을 제공한다는 점.

"눈꺼풀 말이야. 정말 기억나지 않니?"

"아니." 하고 장마르크는 대답하고 속으로 중얼거렸다. 네가 준 거울을 내가 깡그리 무시한다는 것을 도무지 이해하려 들지 않는구나?

눈꺼풀에 대한 기억에 탈진된 듯 F는 입을 다물고 지쳐 쓰러졌다.

"자도록 해 봐." 장마르크는 말하고 자리에서 일어섰다.

병원을 나오자 그는 샹탈과 함께 있고 싶은 억누를 수 없는 욕구가 치미는 것을 느꼈다. 그토록 지치지 않았다면 그는 당장 떠났을 것이다. 브뤼셀에 오기 전에 그는 다음 날 아침에 호텔에서 푸짐한 식사를 하고 느긋하게 떠나리라 생각했다. 그러나 F를 만난 뒤 그는 여행용 자명종을 5시에 맞춰 놓았다.

5

　뒤숭숭한 밤을 보내 피곤해진 샹탈은 호텔을 나섰다. 바닷가로 가는 도중에 주말 관광객들과 마주쳤다. 그들은 한결같이 똑같은 모습이었다. 남자가 아기를 태운 유모차를 밀고 여자는 옆에서 걸어간다. 남자의 표정은 온화하고 사려 깊으며 얼굴에는 미소가 감돌고, 조금은 난감해하면서도 언제라도 아기의 코를 풀어 주거나 울음을 달랠 준비가 되어 있었다. 여자의 표정은 시큰둥하고, 차갑고, 거만하고, 심지어 (잘 이해되진 않았지만) 심술 맞아 보였다. 이러한 모습은 샹탈의 눈앞에서 여러 형태로 변형되어 반복되었다. 여자 곁에서 유모차를 밀며 동시에 아기를 특수한 가방에 넣어 업고 있는 남자. 여자 곁에서 유모차를 밀며 한 아이는 어깨에 메고 다른 아이는 가방에 넣어 안고 가는 남자. 여자 곁에서 유모차 없이 한 아이의 손을 붙잡고 다른 세 아이는 각각 등에 업고 배에 올리고 어깨에 메고 가는 남자. 마지막으로 남자 없이 유모차를 밀고 가는 여자. 그녀에겐 남자들에게서는 볼 수 없는 위풍당당함이 있어서 같은 인도를 걷던 샹탈은 성큼 비켜 그녀에게 길을 내주어야만 했다.

샹탈은 생각했다. 남자들이 아빠화되었다고. 그들은 아버지가 아니라 아빠일 뿐이며 그것은 아버지의 권위가 없는 아버지를 의미한다. 샹탈은 유모차를 밀고 동시에 한 아이는 업고 한 아이는 안고 가는 아빠를 유혹하는 상상을 해 본다. 부인이 쇼윈도 앞에 멈춰 선 틈을 타 남편 귀에 약속 시간을 속삭여 보는 것이다. 그는 어떤 행동을 할까? 아기를 주렁주렁 단 크리스마스 트리로 변한 남자가 여선히 낯신 여자에게 흰 눈을 팔 수 있을까? 등과 배에 매달린 아기가 짐꾼의 행동에 짜증을 내며 악을 쓰지나 않을까? 샹탈은 이런 발상이 재미있다고 생각해서 유쾌해졌다. 그리고 중얼거렸다. 남자들이 결코 더 이상 나에게는 한눈을 팔지 않는 그런 세계에서 살고 있다.

그녀는 산책을 하는 몇몇 아침잠 없는 사람들과 더불어 백사장에 갔다. 썰물 때였다. 그녀 앞으로 모래사장이 일 킬로미터에 걸쳐 펼쳐져 있었다. 노르망디 바닷가에 와 본 지도 꽤 오래전 일이라 사람들이 바닷가에서 즐기는 연날리기와 모래썰매 같은 유행 스포츠에 대해 아는 것이 없었다. 연날리기란 무서우리만큼 견고한 뼈대 위에 색색가지 천을 단단히 씌우고 각각 한 손에 한 줄씩 잡고 올리거나 내리거나 빙글빙글 돌도록 여러 방향으로 조종하는 놀이인데 연은 거대한 풍뎅이와 비슷한 소리를 내며 날다가 이따금 추락하는 비행기처럼 모래에 코를 박고 떨어지기도 했다. 놀랍게도 연을 날리는 사람들은 아이도 청소년도 아닌 성인이 대다수였다. 여자는 하나도 없고 항상 남자였다. 사실 그들은 아빠인 것이다. 아기 없는 아빠, 부인들로부터 탈출하는 데 성공한 아빠들! 그들은 정부의 집으로 달려가지 않고 바닷가로 달려와 노는 것이다!

다시 한 번 뻔뻔한 유혹에 대한 생각이 떠올랐다. 두 줄을 잡고 고개를 젖히고 자기들 장난감의 소란스러운 비행을 바라보는 남자들 뒤로 접근하여 가장 음탕한 단어로 에로틱한 초대를 귀에 속삭여 보는 것이다. 그들의 반응? 추호도 의심할 나위가 없다. 그녀를 쳐다보지도 않고 휙 내뱉을 것이다. 꺼져! 난 바빠!

아, 그렇다. 남자들은 결코 그녀에게 눈길을 주지 않을 것이다.

그녀는 호텔로 돌아왔다. 주차장에서 장마르크의 차를 보았다. 프런트에 가서 그가 적어도 삼십 분 전에 도착했다는 것을 알았다. 프런트 종업원이 그녀에게 메모를 건넸다. '일찍 도착했음. 당신을 찾으러 나감. J. M.'

"날 찾으러 갔다니. 도대체 어디로?" 샹탈은 한숨을 내쉬었다.

"해변에 계실 거라고 말씀하시던데요."

해변으로 가던 길에 장마르크는 시외버스 정류장 곁을 지나게 되었다. 정류장에는 청바지와 티셔츠 차림 여자아이 한 명만 있었다. 그리 열정적은 아니었지만 분명한 동작으로 마치 춤을 추는 것처럼 허리를 비비 꼬고 서 있었다. 곁에 바싹 다가가자 그녀의 반쯤 벌어진 입이 눈에 들어왔다. 그녀는 길게 늘어진 하품을 하고 있었다. 이 커다랗게 벌어진 구멍은 기계적으로 춤을 추는 몸통에 맞춰 부드럽게 출렁거렸다. 장마르크는, 이 여자는 춤을 추고 있으며 권태에 빠져 있구나 하고 생각했다. 그는 제방에 도착했다. 아래쪽 해변에서 머리를 치켜들고 공중에 연을 띄우고 있는 남자들이 보였다. 그들은 연 날리기에 열중했고 장마르크는 자신이 오래전에 정리해 놓은 이론을 떠올렸다. 권태에는 세 가지 범주가 있다. 수동적 권태. 춤을 추고 하품하는 소녀. 적극적 권태. 연 애호가. 반항적 권태. 자동차에 불 지르고 창유리를 깨는 젊은이들.

멀리 바닷가에는 열두 살에서 열네 살짜리 아이들이 조그마한 몸집을 주저앉힐 만큼이나 커다란 색색 헬멧을 쓰고 이상하게 생긴 자동차 주위에 몰려 있었다. 십자 모양 철제 막대기 위에 바퀴를 앞에 하나, 뒤에 두 개 고정해 만든 자동차였다. 한가운데 낮게 설치된 긴 상자 속에는 사람 하나가 들어가 누울 수 있었다. 위에는 돛을 단 돛대가 솟아 있었다. 아이들이 왜 헬멧을 쓰고 있을까? 분명 이 스포츠가 위험하기 때문일 것이다. 하지만 아이들이 갖고 노는 이런 기구 때문에 위험에 처할 사람은 누구보다도 해변을 산책하는 사람들이라고 장마르크는 생각했다. 왜 산책하는 사람들에게는 헬멧을 쓰라고 제안하지 않았을까? 놀이에 참가하지 않는 사람들은 권태를 물리치기 위해 공동으로 펼친 대투쟁에서 도주한 탈영병이므로 어떤 주의도 헬멧도 받을 가치가 없기 때문이다.

그는 해변으로 이어지는 계단으로 내려와 바닷물이 빠진 해변을 유심히 살펴보았다. 멀리 산책하는 사람들 사이에서 그는 샹탈을 찾아보려고 애썼다. 마침내 그녀를 찾아냈다. 그녀는 걸음을 멈추고 파도와 돛단배와 구름을 바라보고 있었다.

그는 아이들 곁을 지나갔다. 지도교사가 아이들을 차에 앉히자 차는 원을 그리며 천천히 움직이기 시작했다. 그 주위로 다른 차들이 쏜살같이 지나다녔다. 외줄로 조종되는 돛에 의해서만 자동차는 방향을 잡고 산책하는 사람들을 피해 선회할 수 있었다. 하지만 서툰 아마추어가 과연 돛을 제대로 조종할 수 있을까? 또한 조종자의 의도에 따라 움직일 수 있을 만큼 정말 자동차에도 아무 결함이 없을까?

장마르크는 돛을 단 차를 보다가 그중 하나가 스포츠카의 속력으로 샹탈을 향해 달려가자 이맛살을 찌푸렸다. 차 안에는 로켓을 탄 우주인처럼 늙은 남자가 누워 있었다. 저런 수평 자세로는 앞에 있는 것은 아무것도 볼 수 없을 텐데! 샹탈은 저것을 피할 만큼 조심성 있는 여자일까? 그는 그녀에 대해, 그녀의 무신경한 성품에 대해 투덜거리며 발걸음을 재촉했다.

그녀가 돌아섰다. 하지만 필경 장마르크를 보지 못한 것 같았다. 그녀의 자세는 생각에 깊이 잠겨 주위를 보지 않으면서 걷고 있는 여자의 몸짓처럼 느긋했다. 그는 그렇게 징신줄을 놓지 말고 해변을 질주하는 저런 멍청한 자동차를 조심하라고 외치고 싶었다. 갑자기 그녀의 몸이 자동차에 치이는 것을 상상한다. 그녀는 피투성이가 되어 모래사장 위에 쓰러지고 자동차는 해변에서 멀어져 간다. 그녀를 향해 달려가는 자신의 모습이 눈앞에 떠오른다. 그녀의 모습을 보고 너무도 감정이 격해져서 그는 샹탈의 이름을 정말 부르짖기 시작한다. 바람이 드세고 해변이 광활하여 그의 목소리는 누구에게도 들리지 않는다. 이러한 감상적 연극에 몰두할 수도 있다. 그는 눈물을 그렁거리며 그녀를 위해 맘껏 고통스러운 비명을 지를 수도 있다. 눈물로 일그러진 얼굴, 그는 몇 초 동안 그녀의 죽음이 야기하는 공포를 겪고 있다.

이 기묘하고 히스테릭한 발작에 스스로 놀란 그에게 평온하고 침착하고 매력적이며 무한히 감동적인 무심한 자세로 산책하는 그녀가 보였다. 방금 자신이 연출한 장례식 코미디에 웃음이 나온다. 그는 미소를 지을 뿐 자책하지는 않는다. 그녀를 사랑하기 시작한 후부터 샹탈의 죽음은 항상 그의 곁에 있다. 그는 이제 그녀에게 손짓을 하며 진짜 달리기 시작한다. 하지만 그녀는 머리 위로 손사랫짓을 하는 남자를 보지 못한 채 다시 걸음을 멈추고 바다를 마주하고는 멀리 떠가는 돛단배를 바라보았다.

마침내! 그의 쪽으로 돌아선 그녀가 그를 알아본 것 같았다. 그는 기쁜 표정으로 다시 한 번 손을 치켜들었다. 그러나 그녀는 그에게는 무심한 채 모래사장을 애무하는 바다의 긴 물결을 눈으로 좇으며 서 있었다. 그녀의 옆모습을 본 지금에서야 그가 틀어올린 머리라고 생각했던 것이 실은 머리를 감싼 머플러라는 것을 확인했다. 가까이 다가섬에 따라 (갑자기 발걸음이 훨씬 느려졌다.) 그가 샹탈이라고 믿었던 여자가 늙고 추하고 우스꽝스럽게도 다른 엉뚱한 여자로 변해 갔다.

7

제방 위에서 해변을 구경하다가 곧 싫증을 느낀 샹탈은 호텔 방에서 장마르크를 기다리기로 결심했다. 그런데 얼마나 몸이 노곤해지던지! 그녀는 해후의 기쁨을 망치지 않기 위해 얼른 커피를 마시고 싶었다. 그래서 발걸음을 돌려 레스토랑, 카페, 게임룸, 그리고 몇몇 가게가 들어선 유리와 철근으로 지은 커다란 건물로 갔다.

그녀는 카페로 들어갔다. 너무 큰 음악 소리가 고막을 때렸다. 짜증이 난 그녀는 테이블 사이로 걸어 들어갔다. 커다란 홀에서 두 남자가 그녀를 뚫어져라 바라보았다. 카페 웨이터가 입는 검은 양복 차림의 젊은 남자는 카운터에 기대 서 있었고 티셔츠 차림에 나이가 든 건장한 다른 남자는 홀 안에 서 있었다.

카페에 앉아 쉬려는 생각에 그녀는 건장한 남자에게 "음악 좀 꺼 줄 수 있겠어요?"하고 물었다.

그는 그녀에게 서너 걸음 다가왔다. "뭐요? 뭐라고 하셨어요?"

샹탈은 젖가슴이 큼직한 벌거벗은 여자를 뱀이 감싼 형상의 문신이 새겨진 근육질 팔을 바라보았다.

그녀는 조금 전 한 말을 되풀이했다.(이번에는 요구 사항을 누그러뜨렸다.) "음악 말이에요. 조금 작게 해 줄 수 없나요?"

남자는 "음악? 이게 마음에 들지 않아요?"라고 대꾸했고 그때 샹탈은 젊은 남자가 카운터 뒤로 돌아가 로큰롤 음악의 소리를 높이는 것을 보았다.

문신 남자는 그녀 바로 옆에 있었다. 그의 미소가 불량스럽게 보였다. 그녀는 타협안을 제시했다. "이 음악이 나쁘다는 뜻은 아니에요!"

그러자 문신 남자가 말했다. "좋아하실 줄 알았지. 뭘 마실 겁니까?"

"아뇨. 그냥 구경 삼아 들어온 거예요. 카페가 아늑하군요."

"그렇다면 좀 더 있다 가시지."

다시 위치를 바꾼 검은 옷차림의 젊은 남자가 등 뒤에서 불쾌할 정도로 들척지근한 목소리로 말했다. 그는 출구로 나가는 유일한 통로인 테이블 사이에 우뚝 서 있었다. 그의 은근한 음성이 공포심을 자아냈다. 그녀는 당장에라도 목을 죄는 덫에 걸려든 느낌이 들었다. 빨리 움직이고 싶었다. 나가려면 젊은 남자가 가로막은 길을 지날 수밖에 없었다. 그녀는 마치 파멸을 향해 똑바로 나아가려고 결심한 듯 나갔다. 그녀 앞에서 들척지근한 젊은 남자의 미소를 보자 그녀 심장이 두근거리는 것이 느껴졌다. 젊은 남자는 마지막 순간에야 아슬아슬하게 옆으로 비켜서 그녀에게 길을 내주었다.

8

사랑하는 여자와 다른 여자의 육체적 외모를 혼동하는 것.
그는 얼마나 여러 번 그런 일을 겪었던가! 그리고 항상 똑같은
놀람. 그녀와 다른 여자들의 차이가 그렇게 미미한 것일까?
이 세상 무엇에도 비교할 수 없고 그가 가장 사랑하는 존재의
실루엣을 어떻게 알아볼 수 없단 말인가.

그는 방문을 열었다. 마침내 그녀를 보았다. 이번에는 털끝
만치도 의심할 바 없이 그녀이지만 더 이상 예전 같지 않았다.
그녀 얼굴은 늙었고 눈길은 이상하리만치 험상궂었다. 마치
해변에서 그가 손짓을 보냈던 여자가 이 순간부터 영원히 그
가 사랑하는 여자로 탈바꿈한 듯했다. 그녀를 알아보지 못한
그의 무력함에 대해 징계라도 받아야만 하는 것처럼.

"무슨 일이 있었지? 무슨 일이야?"

"아무 일도 없어." 그녀가 답했다.

"뭐라고? 아무 일이 없었다니? 얼굴이 딴사람이 되었잖아."

"잠을 설쳤어. 거의 한숨도 자지 못했어. 그리고 아침나절에 좋지 않은 일이 있었어."

"나쁜 일이라니? 왜?"

"그냥 그랬어. 아무것도 아닌 일."

"말해 봐."

"아무 일도 아니라니까."

그가 계속 추궁하자 그녀는 마침내 털어놓았다. "남자들이 더 이상 나를 돌아보지 않더라."

그는 그녀가 무슨 말을 했는지, 무슨 뜻으로 한 말인지 이해할 수 없어서 멍하니 바라보기만 했다. 남자들이 너 이상 돌아보지 않아서 슬프다고? 그는 이렇게 말하고 싶었다. 그렇다면 난 뭐야? 난 말이야? 당신을 찾아 해변을 수킬로미터씩 헤맸고, 울면서 당신 이름을 부르며 달려갔고, 당신을 따라 지구 끝까지라도 뛰어갈 수 있는 나는 뭐지?

그는 이런 말을 하진 않았다. 대신 천천히 낮은 음성으로 그녀가 방금 했던 말을 되풀이했다. "남자들이 더 이상 당신을 돌아보지 않는다고? 정말 그것 때문에 슬픈 거야?"

그녀는 얼굴을 붉혔다. 그녀가 그토록이나 얼굴을 붉히는 것을 본 것이 그에게는 꽤 오래된 일이었다. 이러한 상기된 얼굴은 그녀의 숨겨진 욕망을 드러내는 듯했다. 너무나도 강렬한 욕망이라서 샹탈은 이에 저항하지 못하고 똑같은 말만 되풀이했다. "그래, 남자들, 남자들이 더 이상 나를 돌아보지 않아."

9

장마르크가 방에 들어서자 그녀는 명랑해 보이려고 노력했
다. 그에게 키스를 하고 싶었지만 할 수 없었다. 카페에 갔다
온 후부터 그녀는 경직되고 긴장되어 우울한 기분에 푹 빠져
서 애써 사랑의 몸짓을 해 보여도 억지스럽고 꾸며 낸 것으로
보일까 두려웠다.

그러자 장마르크가 물었다. "무슨 일이 있었어?" 그녀는 잠
을 설쳤고 피곤하다고 했지만 그를 납득시키길 못했고 그는
계속 따져 물었다. 그녀는 이러한 사랑의 심문에서 어떻게 빠
져나와야 할지 몰라 뭔가 재미있는 이야기를 해 주고 싶었다.
그 순간 머리에 떠오른 것이 자신의 아침 산책, 그리고 아기를
매달아 크리스마스트리로 변한 남자들에 관한 이야기였는데
잊고 있었던 조그마한 물건이 그 자리에 그대로 남아 있는 것
을 발견하듯 자신의 머리에서 '남자들이 더 이상 나를 돌아보

지 않는다.'라는 말을 찾아냈다. 그녀는 심각한 토론에서 벗어
나려고 이 말을 끄집어냈다. 그녀는 가급적 가장 가볍게 말하
려고 노력했으나 자신의 목소리가 쓸쓸하고 우울한 데에 그
녀 자신도 놀랐다. 이 우울, 그녀는 그것이 자신의 얼굴에 씌
어 있음을 느꼈고 그런 자신을 장마르크에게 이해시킬 수 없
음을 단번에 알았다.

자신을 오랫동안 심각하게 바라보는 그를 보면서 그녀는
이 시선이 그녀 몸 깊숙한 곳에 불을 지피는 것처럼 느껴졌다.
이 불은 금세 배 안으로 퍼져 가슴 위로 타올라 그녀 뺨을 태
웠고 그녀는 자기가 했던 말을 되묻는 장마르크의 말을 들었
나. "남자들이 너 이상 당신을 돌아보지 않는다고? 정말 그것
때문에 슬픈 거야?"

그녀는 온몸이 마른 짚처럼 타면서 땀이 피부에서 축축이
흘러내리는 것을 느꼈다. 그녀는 자신이 얼굴을 붉히는 바람
에 이 말이 과장된 무게를 지니게 되었음을 알았다. 그는 틀림
없이 이 말(얼마나 평범한가!)을 통해 그녀가 본심을 드러냈고
지금은 부끄러워 얼굴을 붉히지만 그녀의 은밀한 성향을 그에
게 내보인 것이라고 믿을 것이다. 오해지만 그에게 설명할 수
없었다. 왜냐하면 이 불길의 엄습을 벌써 오래전부터 느꼈던
것이다. 그녀는 이 불길에 진짜 이름을 부여하길 항상 거부해
왔지만 이번에는 그것이 무엇을 의미하는지 추호도 의심할 바
없으며 바로 그런 이유 때문에 그것을 말하고 싶지도 않고, 말
할 수도 없었던 것이다.

뜨거운 열기는 오래 지속되면서 사디즘의 극치처럼 장마르

크의 눈앞에서 모습을 드러냈다. 그녀는 자신을 은폐하고 예리한 관찰자의 시선을 따돌리기 위해 무엇을 해야 할지 몰랐다. 극도의 혼란에 빠진 그녀는 처음에 실패했던 것을 바로잡고 농담이나 패러디처럼 지나가는 말로 바꿔 버리려고 같은 말을 되풀이했다. "그래, 남자들이 더 이상 날 돌아보지 않아." 헛수고였다. 조금 전보다 더욱 쓸쓸하게 들렸다.

장마르크의 눈에서 돌연 그녀가 익히 아는, 구조등 같은 불빛이 켜졌다. "그러면 난 뭐야? 나는 당신이 어딜 가나 당신 뒤를 졸졸 따라다니는데 당신은 당신을 더 이상 돌아보지 않는 남자들을 생각하다니 그게 말이나 돼?"

그녀는 구원되었다고 느꼈다. 장마르크의 목소리는 사랑의 목소리, 당황했던 그 순간 그 존재를 잊었던 그 목소리, 그녀가 아직도 맞이할 준비를 하지 못했지만 그녀를 감싸고 그녀를 풀어 주는 사랑의 목소리였다. 마치 먼 곳, 아주 먼 곳으로부터 들려오는 목소리 같았다. 그 소리의 존재를 믿기 위해서는 아직도 한참 동안이나 그것을 들어야만 할 것이다.

그가 그녀를 껴안으려 하자 그녀의 몸이 굳은 것은 바로 그런 이유에서였다. 그녀는 그의 포옹이 두려웠다. 자신의 축축한 육체가 비밀을 누설할까 두려웠다. 너무 짧은 순간이라 자제할 시간이 없었다. 그녀는 그의 손을 제지하지 못할 지경에 이르기 전에 수줍은 듯하지만 단호한 자세로 그를 밀쳤다.

10

　두 사람의 키스를 가로막았던 이 실패한 만남이 과연 실제로 있기나 했던 것일까? 샹탈은 그 소통이 불가능했던 짧았던 그 순간을 기억이나 할까? 장마르크를 혼란에 빠뜨렸던 그 말을 아직도 기억할까? 전혀. 이 일화는 다른 수천 일화와 마찬가지로 잊혔다. 약 두 시간 후 그들은 호텔 레스토랑에서 식사를 하며 쾌활하게 죽음을 화제 삼아 이야기를 나누었다. 죽음을 화제 삼다니? 샹탈의 사장은 그녀에게 장의사 뤼시앵 뒤발의 광고 방송에 대해 검토해 보라고 부탁했다.

　"웃지 마." 그녀는 웃으며 말했다.

　"그 사람들도 웃지 않겠어?"

　"누구?"

　"당신 회사 동료들 말이야. 발상 자체가 우습잖아. 죽음에 대해 광고를 하다니! 당신 회사 사장, 그 늙은 트로츠키주의자가 말이야! 당신이 항상 똑똑하다고 했던 그런 사람이!"

"똑똑한 사람이야. 수술용 메스처럼 논리적인 사람인걸. 마르크스, 정신분석, 현대 시에 통달한 분이고. 1920년대, 독일인가 어디인가에서 일상시라는 문학 운동이 있었다는 말을 즐겨 하곤 해. 그의 말에 따르면 그 시 운동이 내건 슬로건을 훗날 실현한 게 바로 광고라는 거야. 광고란 삶의 단순한 물건을 시로 변형한다는 거야. 그 덕분에 일상성이 노래하기 시작했다나."

"그런 진부한 말에 무슨 똑똑한 구석이 있다는 거야?"

"그런 말을 하면서 취하는 냉소적이며 도발적 어투가 그래."

"당신에게 죽음에 대한 광고를 하라면서 사장이 웃었어, 아니면 웃지 않았어?"

"일정한 거리를 두는 미소였는데 우아해 보였어. 권력이 세면 셀수록 그 사람은 억지로라도 우아해야만 한다는 의무감을 느끼지. 하지만 그의 차가운 미소에는 당신 미소와는 전혀 다른 무엇인가가 있어. 그는 이런 섬세한 어조에 매우 민감하거든."

"그렇다면 사장이 어떻게 당신 웃음을 참고 살지?"

"장마르크, 무슨 말을 하는 거야. 난 웃지 않아. 내겐 두 얼굴이 있다는 것을 잊지 말라고. 두 얼굴을 갖는 것에서 어떤 재미를 찾는 법을 터득하기도 했지만 아무튼 두 얼굴을 갖는 것은 쉽지 않아. 노력을 요하고 규율을 요구하는 거야! 내가 하는 모든 일이 싫건 좋건 간에 내겐 잘하고 싶은 야심이 있다는 것을 알아 줘. 직장을 잃지 않기 위해서 그렇게 하기도 하지만. 완벽하게 일을 하면서 동시에 그 일을 경멸하는 게 아주 어렵지."

"아, 당신은 할 수 있겠지, 능력이 있으니까, 천재잖아." 하고 장마르크가 말했다.

"그래, 나는 두 얼굴을 가질 수 있어. 하지만 한꺼번에 두 얼굴을 할 수는 없지. 당신 앞에서는 내 일에 대해 비웃는 얼굴을 하지. 사무실에서는 심각한 얼굴을 하고. 나는 우리 회사에서 일자리를 찾는 사람들의 서류를 처리해. 그들을 추천하거나 부정적 회신을 하는 게 내 업무야. 편지에서 완벽하게 현대적 언어로 모든 표현과 전문 용어와 의무적인 낙관주의를 동원하여 자기를 표현하는 사람들이 있어. 그들을 만나거나 이야기를 하면서 그들을 미워할 필요는 없지. 하지만 누가 열심히 일을 잘할 것인지는 알아. 그리고 그들 중 어떤 사람들은 한때 철학, 예술사, 프랑스어 교육에 종사했지만 지금은 별 도리 없이, 거의 절망에 빠져 우리 회사에서 일자리를 찾지. 그들이 속으로는 자신이 희망하는 자리를 경멸하고 그래서 그들도 나와 같은 부류라는 점도 난 다 알아. 그래서 나는 결단을 내려야만 하지."

"어떻게 결단을 내리지?"

"어떤 때에는 호감이 가는 사람을, 어떤 때에는 일을 잘할 것 같은 사람을 추천해. 나는 반쯤은 우리 회사의 배반자처럼, 반쯤은 나 자신에 대한 배반자처럼 처신하는 거야. 이중배반자인 셈이지. 그리고 이런 이중배반의 상태를 실패가 아닌 성공이라고 생각해. 얼마 동안이나 내 두 얼굴을 유지할 수 있을까? 진이 빠지는 일이거든. 어느 날엔가 하나의 얼굴만 남겠지. 물론 둘 중 나쁜 쪽 얼굴이야. 심각한 얼굴. 타협적인 얼굴. 그래도 나를 여전히 사랑할 거야?”

“당신은 결코 두 얼굴을 잃지 않을 거야.” 하고 장마르크가 말했다.

그녀는 미소를 지으며 포도주 잔을 들었다. “그러길 기원하며!”

그들은 잔을 부딪혔고 장마르크가 말했다. “죽음에 대한 광고를 하는 당신이 거의 부럽기까지 하다. 왠지 모르지만 어릴 적부터 나는 죽음에 대한 시에 매료되었지. 많은 시를 줄줄 암송했거든. 하나 외워 볼까. 당신도 써먹을 수 있을 거야. 당신도 틀림없이 알 텐데. 보들레르의 시 말이야.

오, 죽음이여. 늙은 선장이여. 때가 되었다! 닻을 올리자!

이 나라가 지겹구나, 오, 죽음이여! 돛을 펼치자!”

“나도 알아, 알지.” 샹탈은 말허리를 잘랐다. “아름답지만 우리에게 맞는 시는 아니야.”

“뭐라고? 당신의 늙은 트로츠키주의자, 그리고 죽어 가는 사람에게 이 나라가 지겹구나라고 하는 것보다 더 좋은 위안이 어디 있겠어? 나는 이 말을 네온사인으로 만들어 공동묘지 정문 위에 걸어 놓으면 어떨까 상상해 봤지. 당신 광고를 위해서도 이 말에 약간 손질만 한다면 제격일 거야. 당신은 이 나라가 지겹습니다. 뤼시앵 뒤발, 늙은 선장이 책임지고 돛을 올리겠습니다.”

“그렇지만 죽어 가는 사람 비위나 맞추는 게 내 일은 아니야. 뤼시앵 뒤발 장의사에 일거리를 주는 사람들은 그들이 아니야. 죽은 자를 파묻는 산 사람들은 살아 있다는 사실을 즐기고 싶어 하지 죽음을 찬양하려는 게 아니야. 잘 들어. 우리 종교는 생의 찬미야. '생'이란 단어는 단어 중의 왕이지. 이 단어 중의 왕은 '모험!' '미래!' 같은 거물급 단어에 둘러싸여있어. '희망'이란 단어도 있구나. 참, 히로시마에 투하된 원자폭탄 암호명이 뭔지 알아? 리틀 보이! 이 암호를 생각해 낸 사람은 천재야. 더 좋은 것은 찾을 수 없었을 거야. 리틀 보이, 어린아이, 꼬맹이, 꼬마라, 이보다 부드럽고 감동적이고 미래에 가득 찬 단어는 없지."

"맞아, 알겠어. 폐허 위에 희망의 황금빛 오줌을 뿌리는 리틀 보이라는 인물로 의인화되어 히로시마 상공을 날아다닌 것은 바로 생명 그 자체란 말이지. 그렇게 해서 전후 시대가 개막된 거고." 그는 잔을 들었다. "축배를 듭시다!"

11

그녀가 아들을 땅에 묻었을 때 아들의 나이는 다섯 살이었다. 훗날 휴가 중 그녀의 시누이가 물었다. "너무 슬퍼하네요. 아이를 하나 더 가져야만 해요. 그렇게 해야지만 잊을 수 있을 거예요." 시누이의 말이 그녀 마음을 아프게 했다. 아기. 생의 기록이 없는 존재. 후임자 속으로 덧없이 지워지는 그늘. 그러나 그녀는 아기를 잊고 싶지 않았다. 그녀는 무엇으로도 대신할 수 없는 그의 개별성을 옹호했다. 미래에 대항하여 하나의 과거, 불쌍하게 죽은 아이의 소외되고 무시당한 과거를 옹호했다. 일주일 후 그녀의 남편이 말했다. "당신이 우울증에 빠지는 걸 원치 않아. 빨리 다른 아기를 가져야만 해. 그러면 잊을 거야." 당신은 잊을 거야. 그는 다른 표현을 찾으려는 노력도 하지 않았다. 바로 그 순간 그 남자를 떠나겠다는 결심이 마음속에서 싹튼 것이다.

그녀가 보기에 수동적인 편에 속하는 남편은 자기 생각을 말한 것이 아니라 여동생에게 좌지우지되는 대가족의 보다 큰 이익을 위해 말한 것이 분명했다. 누이동생은 과거의 결혼에서 낳은 두 아이를 데리고 세 번째 남편과 살고 있었다. 그녀는 전남편들과도 원만한 관계를 유지하면서 그들뿐 아니라 형제와 사촌의 가족까지 한자리에 모으는 데 성공했다. 이 모임은 휴가 중 커다란 시골 별장에서 이루어졌다. 그녀는 샹탈이 조금씩 부드럽게 그 가족의 일원이 되도록 그녀를 가족 속에 끌어들이려고 애썼다.

바로 그 큰 별장에서 시누이와 그녀의 남편이 샹탈에게 아이를 가지라고 종용한 것이다. 또한 그곳의 조그만 침실에서 그녀는 남편과의 정사를 거부했다. 남편의 에로틱한 표현 하나하나에 그녀는 새 임신을 위한 가족적 차원의 캠페인을 떠올렸고 그와의 정사는 생각만 해도 끔찍했다. 할머니, 아버지, 조카, 사촌 등 종족의 모든 사람들이 침실 문 밖에서 그들을 엿듣고 침대 시트를 샅샅이 살피고 아침마다 그들이 얼마나 피곤한 표정으로 변했는지 검사하는 느낌이 들었다. 모든 사람들이 그녀의 배를 바라볼 수 있는 권리를 만끽했다. 심지어 꼬마 조카들까지 이 전쟁에 용병으로 차출되었다. 그중 하나가 물었다. "숙모, 왜 아기를 싫어하세요?" "왜 내가 아기를 싫어한다고 생각하지?" 그녀는 불쑥 퉁명스레 대답했다. 아이는 아무 말도 하지 못했다. 화가 난 그녀는 계속 따졌다. "내가 아기를 좋아하지 않는다고 누가 그러던?" 그러자 그녀의 차가운 시선을 의식한 꼬마는 주눅은 들었지만 확신에 찬 어조로 대답했다. "아기를 좋아하면 낳아 봐요."

휴가에서 돌아온 후 그녀는 단호하게 생각을 행동에 옮겼다. 우선 직장에 다시 나가고 싶었다. 그녀는 아들을 낳기 전 고등학교에서 학생들을 가르쳤다. 보수가 낮아서 그 일을 포기하고, 원하는 것은 아니지만(그녀는 가르치는 것을 좋아했다.) 보수가 세 배나 많은 직장을 택했다. 돈에 집착하는 모습을 보이는 것 같아 양심에 걸렸지만 그것이 그녀의 독립을 획득하기 위한 유일한 방법이니 다른 길이 없었다. 그러나 독립을 얻기 위해서는 돈만으로 충분치 못했다. 그녀에게는 남자, 두 번째 생의 살아 있는 표본이 될 남자가 필요했다. 그녀는 미친 듯 과거 생으로부터 벗어나고 싶었고 다른 방식의 삶은 상상치도 못했다.

그녀는 장마르크를 만나기까지 몇 해를 기다려야만 했다. 보름 후 그녀는 남편에게 이혼을 요구했고 남편은 기절초풍했다. 그래서 그녀의 시누이는 적개심이 섞인 경탄심을 품고 그녀를 암호랑이라고 불렀다. "꼼짝도 하지 않아서 무슨 생각을 하는지 몰랐는데 일격을 가하는군." 삼 개월 후 그녀는 아파트를 샀고 결혼 생각은 내팽개치고 그곳에서 사랑하는 남자와 함께 살기 시작했다.

12

장마르크는 꿈을 꿨다. 그는 샹탈이 걱정되어 그녀를 찾아 거리를 헤매다가 마침내 총총 멀어져 가는 그녀의 뒷모습을 보았다. 그는 그녀를 쫓아 뛰어가며 그녀 이름을 외쳤다. 바로 몇 걸음 뒤까지 다가갔을 때 그녀가 고개를 돌렸고 그 순간, 경악한 장마르크 앞에는 다른 얼굴, 낯설고 불쾌한 다른 얼굴이 있었다. 그것은 샹탈, 한치의 의심도 없이 그의 샹탈이었지만 모르는 여자의 얼굴을 한 샹탈이었으며 그것이 끔찍했다, 참을 수 없을 만큼 끔찍했다. 그는 그녀를 포옹했고 그의 몸에 그녀를 밀착하고는 울먹이며 되뇌었다. 샹탈, 내 사랑하는 샹탈, 샹탈! 그는 이런 말을 되풀이함으로써 그녀의 변형된 얼굴에 잃어버린 옛 모습, 그녀의 잃어버린 정체성을 불어넣어 주려는 듯했다.

꿈에서 깨었다. 샹탈은 침대에 없었고 욕실에서 아침 소음이 들려왔다. 아직도 꿈의 여운이 남았던 터라 당장 보고 싶은 절박한 욕구를 느꼈다. 그는 일어나 반쯤 열린 욕실 문 쪽으로 다가갔다. 그는 거기에 멈춰 서서 은밀한 장면을 훔쳐보는 탐욕스러운 관음증 환자처럼 그녀를 관찰했다. 그렇다. 그가 항상 보아 왔던 그대로의 샹탈이었다. 그녀는 세면대에 얼굴을 숙이고 이를 닦고 치약이 섞인 침을 뱉고 있었는데 그 일에 몰두한 모습이 너무 우습고 어린아이 같아서 장마르크는 미소를 지었다. 그의 시선을 느낀 샹탈은 몸을 빙그르 돌려 문쪽에 있던 그를 보고 화를 냈지만 아직도 하얀 그녀 입에 그가 키스를 하도록 허락했다.

"오늘 저녁 회사로 데리러 올 거예요?"

6시경 그는 로비로 들어가 복도를 지나 그녀의 사무실 앞에 섰다. 사무실 문은 아침나절 욕실 문처럼 반쯤 열려 있었다. 샹탈과 그녀의 직장 동료인 두 여자의 모습이 보였다. 그러나 그녀는 아침과는 영 딴판이었다. 그녀는 그의 귀에 익숙하지 않은 큰 목소리로 얘기했고 몸짓은 훨씬 더 빠르고 단호하고 위압적이었다. 그는 아침 욕실에서 밤에 잃어버렸던 존재를 되찾았는데 늦은 오후 그의 눈앞에서 그 존재는 다시 변질되어 있었다.

그는 안으로 들어갔다. 그녀가 그에게 미소를 지었다. 하지만 그 미소는 굳어 있었고 샹탈은 얼어붙은 사람 같았다. 프랑스에서 양쪽 뺨에 키스를 하는 것은 이십여 년 전부터 거의 의무적인 관습으로 변했고 그런 이유 때문에 그것은 사랑하는 사람들에게는 고통스러운 일이 되었다. 하지만 다른 사람들 눈에 부부싸움한 사람들처럼 보이고 싶지 않다면 이 관습에서 벗어날 재간이 있을까? 샹탈은 불편해하면서도 다가와 두 뺨을 내밀었다. 이런 몸짓은 어색했고 그들에게는 이것이 가짜라는 뒷맛을 남겼다. 그들은 사무실을 나왔고 시간이 한참 흐른 뒤에야 그녀는 그가 알던 샹탈로 돌아왔다.

항상 이런 식이었다. 다시 만나 그가 사랑하던 그녀의 모습을 되찾는 순간까지 일정한 길을 통과해야만 했다. 산속에서 그들이 처음 만났을 때 그는 만나자마자 그녀와 둘만 있을 수 있는 행운을 얻었다. 만약 단둘이 만나기 전에 다른 사람과 함께 있는 그녀를 오랫동안 접했다면 과연 그녀에게서 사랑받는 존재의 모습을 발견할 수 있었을까? 그녀가 농료나 상사나 부하 직원에게 보여 주는 얼굴만 보았다면 그 얼굴에도 그는 감격이 없었고 경탄했을까? 그에겐 이 질문에 대한 대답이 없었다.

13

‘남자들이 더 이상 나를 돌아보지 않아요.’라는 문장이 그
토록 강렬하게 그의 마음에 각인된 것은 그 이질감을 느끼는
순간에 대한 그의 초과민한 신경 탓일까? 그 말을 하는 순간,
샹탈이 다른 사람이 된 듯 그는 그녀를 알아보지 못할 지경이
었다. 그 말은 샹탈답지 않았다. 그리고 심술궂고 늙은 그녀
얼굴도 그녀답지 않았다. 우선 그가 보인 첫 번째 반응은 질투
였다. 자기는 그날 아침 조금이라도 빨리 그녀 곁에 가기 위해
찻길에서 치여 죽을 각오로 뛰어왔는데 어떻게 그녀는 다른
남자가 자신에게 관심을 기울이지 않는다고 불평할 수 있을
까? 그러다가 채 한 시간도 지나지 않아 그는, 모든 여자는 노
화의 정도를 남자들이 그들에게 표출하는 관심, 혹은 무관심
을 척도로 가늠한다는 생각을 하게 되었다. 그 때문에 모욕을
느낀다는 것은 우스운 일이 아닐까? 모욕을 느낀 건 아니지만

그렇다고 동의할 수도 없었다. 경미한 노화의 흔적,(그녀는 그보다 네 살 위였다.) 그것은 그들이 처음 만난 날 그녀 얼굴에서 이미 보았던 것이다. 당시 그녀 미모에 놀랐지만 그렇다고 해서 그 미모 때문에 나이보다 젊어 보이진 않았다. 오히려 나이가 그녀 미모를 더욱 돋보이게 했다고 말할 수도 있었다.

샹탈의 말이 계속 그의 귓가에 맴돌았고 그는 그녀 육체의 역사를 상상해 보았다. 그녀의 육체는 수천만 다른 육체 속에 파묻혀 있다가 한 욕망의 시선이 그 위에 닿으면서 엇비슷한 다수의 군중에서 빠져나간다. 그리고 다시 시선이 무수히 늘어나면서 육체에 불을 지폈고 육체는 그 후 횃불처럼 이 세상을 관통했다. 찬란한 영광의 시절이지만 곧 시선은 드물어지기 시작하고 빛도 조금씩 희미해져서 이 육체는 말갛게 되었다가 투명해지고 마침내 눈에 보이지 않게 되어 떠돌이 허깨비처럼 거리를 배회할 것이다. 어렴풋하게 눈에 띄는 단계에서 두 번째 단계로 이어지는 과정에서 '남자들이 더 이상 나를 돌아보지 않아요.'라는 말은 육체의 점진적 소멸이 시작되었음을 알리는 적신호다.

그녀를 사랑하고 아름답다고 생각한다는 말을 아무리 해 주어도 소용없고 사랑에 가득한 시선도 그녀에겐 위로가 될 수 없을 것이다. 사랑의 시선은 외톨이로 만드는 시선이기 때문이다. 장마르크는 다른 사람들에게는 투명하게 변한 두 늙은이의 사랑스러운 고독에 대해 생각했다. 그것은 죽음을 예고하는 슬픈 고독이다. 아니다, 그녀에게 필요한 것은 사랑의 시선이 아니라 천박하고 음탕한 익명의 시선, 호감이나 취사 선택에 의한 것이 아니고 사랑도 예의도 없이 필연적으로, 숙명적으로 그녀 육체로 쏟아지는 시선이다. 이런 시선들이 그녀를 인간 사회에 머무르게 하고 사랑의 시선은 그녀를 사회로부터 유리한다.

그는 회한에 잠겨 현기증이 날 정도로 빨랐던 그들 사랑의 초기 시절을 생각했다. 그녀를 정복할 필요도 없었다. 첫 번째 순간, 그녀는 정복되었다. 그녀를 돌아본다고? 무엇 때문에? 처음부터 그녀는 그의 곁에, 코앞에, 아주 가까이 붙어 있었다. 처음부터 그는 강했고 그녀는 약했다. 그들 사랑의 기반에는 이런 불평등이 깔려 있었다. 정당화될 수 없는 불평등, 부당한 불평등. 그녀는 연상의 여자였기 때문에 약했던 것이다.

14

열예닐곱 살 무렵, 그녀는 하나의 은유를 가슴에 소중히 품고 살았다. 자신이 생각해 냈는지, 어디에서 듣거나 읽었는지, 그건 중요치 않다. 그녀는 장미 향, 팽창하고 정복하는 향기가 되고 싶었고 그래서 모든 남자 사이를 누비고 다니며 그들을 통해 전 세계에 키스하고 싶었다. 팽창하는 장미 향. 모험의 은유. 이 은유는 달콤하게 북적거리는 인파에 둘러싸여 사는 삶에 대한 약속, 남자들을 누비고 다니는 여행에의 초대처럼 그녀가 성년기의 문턱을 넘어설 무렵 움텄던 은유다. 그러나 그녀는 애인을 갈아치우는 데 천부적 소질을 타고난 여자가 아니었고 이 막연하고 서정적인 꿈은 평온하고 행복할 것 같았던 결혼 속에서 잠들어 버렸다.

오랜 시간이 흘러 그녀가 남편을 떠나 장마르크와 함께 산 지도 몇 년이 흐른 어느 날 그녀는 바닷가에 갔다. 그들은 수상 테라스에서 식사를 한 적이 있었고 하얀 기억이 생생하게 남아 있었다. 서핑 보드, 식탁, 의자, 냅킨, 모든 것이 흰색이었고 가로등도 하얗게 칠해져 있었으며 가로등 전구도 아직 어두워지지 않은 여름 하늘에 흰색 불빛을 비췄고 하늘의 하얀 달도 주변을 하얗게 물들였다. 그리고 이러한 흰색 물결 속에서 그녀는 장마르크에 대한 참을 수 없는 향수를 느꼈다.

향수? 바로 눈앞에 있는데 어떻게 향수를 느낄 수 있단 말인가? 어떻게 눈앞에 있는 사람의 부재로 괴로워할 수 있을까?(장마르크에겐 이에 대한 해답이 있으리라. 사랑하는 사람이 더 이상 없는 미래의 한 자락, 사랑하는 사람의 죽음이 눈에 보이지는 않지만 이미 존재하는 미래를 엿본다면 그가 곁에 있어도 향수를 느낄 수 있다고.)

바닷가에서 이상한 향수에 잠겼던 몇 분 동안 그녀는 불쑥 그녀의 죽은 아기를 떠올렸고 행복의 파도가 그녀를 감쌌다. 머지않아 그녀는 이러한 감정에 스스로 경악하리라. 그러나 감정은 누구도 어찌할 수 없으며 그냥 그렇게 생겨나고 모든 검열에서 벗어난다. 어떤 행동이나 한번 내뱉은 말에 대해선 자책할 수 있지만 감정에 대해선 그럴 수 없으니, 우리는 감정에 대해 속수무책이기 때문이다. 죽은 아들의 기억이 그녀를 행복으로 충만하게 했고 그녀는 단지 그것이 무엇을 의미하는지 생각해 볼 수 있을 따름이다. 해답은 명확했다. 장마르크 곁의 그녀 존재는 절대적이며 아들의 부재 덕분에 그녀가 절대적일 수 있음을 의미한다. 그녀는 아들이 죽어서 행복했다. 장마르크와 마주 앉은 그녀는 큰 소리로 이런 말을 하고 싶었지만 차마 입 밖에 내지 못했다. 그의 반응이 어떨지 예측할 수 없었고 그가 그녀를 괴물 취급할까 봐 두려웠다.

그녀는 모험의 총체적 부재를 음미했다. 모험. 세계에 키스하는 방식. 그녀는 더 이상 세계에 키스하는 것을 원치 않았다. 그녀는 더 이상 세계를 원치 않았다.

그녀는 모험도 없고 모험에 대한 욕망도 없는 상태의 행복을 음미했다. 그녀는 자신의 은유를 떠올렸고 고속 촬영한 영화처럼 빨리 시들어 가는 장미 한 송이, 가느다랗고 시커먼 줄기만 남았다가 그들이 보낸 저녁나절의 하얀 우주 속으로 영원히 사라져 버린 장미 한 송이를 보았다. 백색 속으로 희석된 장미.

그날 밤 잠들기 직전(장마르크는 이미 잠들었다.) 그녀는 다시 한 번 죽은 아들을 떠올렸고 이 회상은 다시 막연하게 비윤리적인 행복한 느낌을 동반했다. 장마르크에 대한 그녀의 사랑은 일종의 이단, 그녀가 떠나온 인간 공동체의 불문율에 대한 위반이라고 그녀는 생각했다. 그래서 다른 사람들의 증오에 찬 분노를 불러일으키지 않으려면 그녀의 과장된 사랑을 비밀로 간직해야만 한다고 생각했다.

15

　매일 아침 그녀는 항상 먼저 집을 나와 우편함을 열고 장마르크 앞으로 온 편지는 그대로 두고 자기 편지만 가져갔다. 그날 아침 편지 두 통을 발견했다. 하나는 장마르크 앞으로 왔고 (그녀는 슬쩍 봉투를 보았다. 소인이 브뤼셀로 찍혀 있었다.) 다른 하나는 그녀 앞으로 왔는데 주소도 우표도 없었다. 누군가 직접 갖다 넣었을 것이다. 조금 시간에 쫓긴 그녀는 봉투를 뜯지 않고 핸드백에 넣은 뒤 버스 쪽으로 서둘러 갔다. 자리에 앉자 봉투를 뜯었다. 편지에는 단 한 문장만 씌어 있었다. "나는 당신을 스파이처럼 따라다닙니다. 당신은 너무, 너무 아름답습니다."

　첫 번째 느낌은 불쾌함이었다. 누군가 허락 없이 그녀의 삶에 개입하여 그녀의 관심(그녀의 관심 능력은 한정되었고 그것을 확장할 여력도 없었다.)을 끌고, 한마디로 말해 그녀를 괴롭히고

자 한 것이다. 그녀는 그것을 장난 편지라고 생각했다. 한 번 쯤 이런 쪽지를 받지 않은 여자가 어디 있으랴? 그녀는 편지를 다시 읽고는 옆집 여자도 그것을 읽을 수 있다는 생각을 했다. 편지를 가방에 다시 넣고 주위를 한번 돌아보았다. 창가에 앉아 우두커니 거리를 보는 사람들, 이를 드러내며 웃는 여자들, 출입문 곁에서 그녀를 바라보는 키가 크고 멋진 젊은 흑인 하나, 필경 아직도 한창 읽어야 끝날 법한 책에 코를 박고 있는 여자가 보였다.

평소 버스를 타면 아는 사람은 한 명도 없었다. 이 편지 때문에 누군가 자기를 쳐다본다고 느꼈고 그녀 자신도 사람들을 유심히 관찰했다. 오늘 저 흑인처럼 그녀를 놓여지게 바라보는 누군가가 항상 있었을까? 마치 그녀가 방금 무엇을 읽었는지 다 안다는 듯 그는 그녀에게 미소를 지었다. 쪽지를 쓴 자가 바로 저 사람일까? 그녀는 너무 엉뚱한 이런 생각을 얼른 떨쳐 버리고 다음 정류장에서 내리려고 자리에서 일어났다. 출구를 가로막은 흑인 곁을 지나야만 했고 그것이 그녀는 불편했다. 흑인 가까이 다가가자 버스가 급제동에 걸려 잠깐 동안 그녀는 중심을 잡으려고 했고 여전히 그녀를 쳐다보던 흑인은 끽끽거리며 웃었다. 그녀는 버스에서 내리면서 생각했다. 이건 구애가 아니라 조롱이야.

이 웃음소리는 하루 종일 마치 흉조처럼 귓가에 울렸다. 그녀는 사무실에서도 두서너 번 편지를 읽었고 집에 돌아와서 이것을 어찌할까 궁리했다. 간직할까? 왜? 장마르크에게 보일까? 그녀가 허풍을 떤다고 생각해서 짜증을 낼 것이다! 그렇다면 없애 버려? 당연히 그렇다. 그녀는 화장실에 가서 변기에 몸을 숙이고 수면을 내려다보았다. 봉투를 몇 조각으로 찢어 던져 넣고 물을 내려 버린 다음 편지는 다시 접어 방으로 가져갔다. 그녀는 속옷 장롱을 열어 브래지어 밑에 편지를 넣었다. 이런 행동을 하자 흑인의 비웃음 소리가 다시 들렸고 그녀는 자기도 모든 여자와 닮았다고 생각했다. 갑자기 브래지어가 천박하고 멍청하리만큼 여성적인 것으로 보였다.

16

한 시간 남짓 후 집으로 돌아온 장마르크는 샹탈에게 부고장을 보여 주었다. "오늘 아침 우편함에 있더군. F가 죽었어."

샹탈은 보다 진지한 다른 편지가 자기 편지의 우스꽝스러운 꼴을 감싸 준 것에 거의 흡족함을 느꼈다. 그녀는 장마르크를 끌어안고 밖으로 데리고 가 자기 앞에 앉혔다.

샹탈. "아무튼 충격 받았겠네."

"아니, 충격 받지 않는다는 것에 충격을 받았어."

"아직도 그 사람을 용서하지 않았어?"

"다 용서했지. 그런데 문제는 그게 아니야. 지난번 그를 더 이상 보지 않기로 결심하고 나서 느꼈던 이상한 감정을 당신에게 이야기한 적이 있지. 나는 그때 얼음장처럼 차가웠고 그런 내가 흡족하기까지 했어. 그런데 그의 죽음이 이런 감정을 전혀 바꿔 놓지 못하는 거야."

"당신이 무서워. 정말 당신은 무서운 사람이야."

장마르크는 자리에서 일어나 코냑 병과 술잔 두 개를 가지러 갔다. 한 모금 마시더니 그는 말했다. "문병을 마칠 무렵 그는 추억을 이야기하기 시작했지. 그는 내가 열여섯 살 적에 했다는 말을 상기시켜 주었어. 그 순간 나는 오늘날 사람들이 맺고 있는 우정의 유일한 의미를 깨달았어. 우정이란 기억력의 원활한 작동을 위해 인간에게 필요 불가결한 것임을. 과거를 기억하고 항상 지니고 다니는 것은 아마도 흔히 말하듯 자아의 총체성을 보존하기 위한 필요조건일 거야. 자아가 위축되지 않고 그 부피를 간직하기 위해서는 화분에 물을 주듯 추억에도 물을 주어야만 하고, 이 물 주기가 과거의 증인, 말하자면 친구들과 규칙적 접촉을 요구하는 거야. 그들은 우리의 거울, 우리의 기억인 셈이지. 우리는 친구에게 아무것도 강요하지 않고 다만 우리가 자아를 비춰 볼 수 있도록 그들이 이따금 거울의 윤을 내 주는 것을 바랄 따름이지. 하지만 내가 고등학교 때 무슨 짓을 했건 알 게 뭐야! 내 어린 시절부터, 아마도 유년기부터 내가 항상 갈구했던 것은 전혀 달라. 그것은 모든 다른 가치보다도 위에 놓인 우정이지. 진실과 친구 사이에서 나는 항상 친구를 택했노라고 즐겨 말했어. 도발 삼아 말하곤 했지만 내 진심이기도 했지. 지금은 그런 격언이 케케묵었다는 걸 나도 알아. 파트로클로스의 친구인 아킬레우스나 알렉상드르 뒤마의 삼총사나 심지어 주인과의 의견 차이에도 주인의 진정한 친구였던 산초에게나 통할 말이지. 그러나 우리에겐 더 이상 통하지 않아. 내 비관주의가 너무도 깊어져서 지금은 우정보다 진실을 택할 거야."

다시 한 모금 마신 후 그는 말을 이었다. "내게 우정은 이데올로기, 종교, 국가보다도 더욱 강한 뭔가가 존재한다는 증거였어. 뒤마의 소설에서 네 친구는 종종 적 진영에 가담해서 어쩔 수 없이 서로 싸워야만 했지. 그러나 그 때문에 그들 우정이 변질되진 않았어. 그들은 각자 진영의 진실을 비웃으며 꾀를 내어 은밀히 서로 도왔지. 그들은 진실, 명분, 상관의 명령, 왕, 왕비, 그리고 다른 모든 것보다도 우정을 앞세웠어."

샹탈은 그의 손을 쓰다듬었고 그는 잠시 멈췄다가 다시 이야기했다. "뒤마는 총사들의 이야기를 이백 년이라는 시간적 거리를 두고 썼어. 그에게는 우정을 상실한 세계에 대한 향수가 이미 그때부터 있었던 걸까? 아니면 우정이 실종된 건 보다 최근 현상일까?"

"나는 대답할 수 없어. 우정은 남자들 문제야. 그건 그들의 낭만주의지. 우리 것은 아니야."

장마르크는 코냑 한 모금을 마시고 다시 그의 생각으로 돌아왔다. "우정이 어떻게 생기는 걸까? 필경 적대자에 대한 하나의 연대감, 그것이 없다면 적 앞에서 무기력해지는 연대 같은 것일 거야. 아마도 이제는 이러한 연대가 더 이상 필요없는지도 모르지."

"적이란 항상 있게 마련인데."

"맞아, 하지만 그 적은 눈에 보이지 않고 이름도 없어. 관료조직, 법률 같은 거야. 당신 창문 앞에 누가 공항을 건설한다고 결정하거나 혹은 당신을 해고했을 때 친구가 당신을 위해 무엇을 해 줄 수 있겠어? 누군가 당신을 돕는다 해도 여전히 눈에 보이지 않는 익명의 누구, 즉 사회 복지 기구, 소비자 보호 연맹, 변호사 사무실 같은 거지. 어떤 시련으로도 더 이상 우정을 확인할 길이 없어. 전쟁터에서 부상당한 친구를 찾아 나서거나 도적 떼로부터 친구를 구하기 위해 칼을 뽑는 것 같은 기회가 주어지지 않는 거야. 우리는 큰 위험이 없는, 그러니까 우정도 없는 삶을 헤쳐가는 거야."

"그게 사실이라면 F와 화해할 수 있겠네."

"내가 그를 비난한다는 사실을 그에게 알렸더라도 그는 왜 비난하는지 몰랐을 거야. 다른 사람들이 나를 공격할 때 그는 침묵했어, 그런데 문제는 내가 정당해야만 했어. 그는 자신의 침묵을 용기라고 생각했지. 심지어 그는 나에게 가해지는 집단적 박해에 끼어들지 않았고 나에게 누가 될 어떤 말도 하지 않았다고 자랑까지 했다더군. 그래서 그는 양심의 가책을 받지 않았고 내가 납득할 수 없는 이유로 그를 만나지 않자 상처를 받았을 거야. 그에게 중립 이상을 바란 것이 내 잘못이었어. 그가 악의에 차고 흉악한 분위기에서 어쭙잖게 나를 변호하려 들었다면 그 자신도 따돌림, 갈등, 어려움을 겪었을 거야. 내가 어떻게 그에게 그런 것을 요구할 수 있겠어. 더구나 그는 내 친구였는데! 그랬다면 내 쪽이 우정을 저버린 거겠지. 다른 식으로 말하자면 예의에 벗어나는 짓이지. 왜냐하면 과거의 알맹이가 빠져 버린 우정은 오늘날에는 상호 존중의 계약, 한마디로 예절 계약으로 변질되었어. 그러니 친구에게 불편을 끼치거나 불쾌감을 줄 만한 부탁을 하는 것은 결례야."

“물론 그렇지. 하지만 그런 말을 하는 당신도 쓸쓸해하진 말아야지. 빈정거리지도 말고.”

“빈정거리는 투로 말하진 않았어. 그냥 그렇다는 말이야.”

“만약 당신이 증오의 대상이 되고, 누명을 쓰고 사람들의 먹이가 된다면 당신을 아는 사람들로부터 두 가지 반응을 기대할 수 있어. 어떤 사람들은 당신을 뜯어먹으려는 부류에 합류하러 갈 것이고 다른 쪽은 점잖게 못 들은 척할 거야. 물론 당신은 그들과 만나 대화할 수 있을 테지. 점잖고 조심스러운 이러한 두 번째 범주가 당신 친구야. 현대적 의미에서 친구지. 장마르크, 이런 사실을 나는 진작에 알았지.”

17

스크린에서 예쁘고 섹시한 엉덩이가 반듯하게 누운 모습이 크게 확대되어 보였다. 자신을 내맡긴 헌신적인 나체의 피부를 음미하며 손 하나가 엉덩이를 부드럽게 애무한다. 카메라가 뒤로 물러나면서 조그만 침대 위에 엎드려 있는 전신이 보였다. 어머니가 내려다보고 있는 아기였다. 다음 장면에서 어머니는 아기를 들어올려 반쯤 벌어진 입술로 말랑말랑하고 축축하고 커다랗게 벌린 아기 입에 키스를 한다. 그 순간 카메라가 다시 접근하자 맥락에서 떨어져 나와 클로즈업된 키스가 돌연 관능적인 사랑의 키스로 변한다.

를르와는 그 대목에서 필름을 멈췄다. "우리는 항상 대중을 추구하지요. 마치 선거 유세 중인 미국 대통령 후보처럼. 다수의 구매자를 끌어들일 이미지의 환상적 회로에 제품을 내놓는 거예요. 이미지를 추구하다 보니 우리에게는 섹스를 과대

평가하는 경향이 있습니다. 이 점을 주의해야 합니다. 진정한 성생활을 만끽하는 자는 극소수입니다.”

캠페인, 광고, 포스터를 주제로 한 세미나에 그가 일주일에 한 번씩 불러들인 소수의 직원들이 놀라는 모습을 음미하기 위해 를르와는 잠깐 말을 멈추었다. 그들은 사장이 즐기는 것은 성급한 동조가 아니라 놀란 표정임을 오래전부터 알았다. 늙은 손가락에 여러 반지를 낀 우아한 여자가 감히 반박을 하는 것도 이런 이유 때문이다. “모든 여론 조사에 따르면 정반대인데도!”

“물론이겠지. 누가 당신에게 당신 성생활에 대해 묻는다면 진실을 말하겠어요? 질문하는 사람이 당신 이름조자 모르고 혹은 전화로 질문을 해서 당신 얼굴을 보지 못한다 해도 당신은 거짓말을 할 거예요. ‘섹스를 좋아하세요?’ ‘뭐라고요!’ ‘몇 번 하세요?’ ‘하루에 여섯 번요.’ ‘포르노를 좋아하세요?’ ‘미치게 좋아하죠.’ 그러나 이런 건 모두 거짓말이에요. 상업적 관점에서 볼 때 에로티시즘은 애매한 거죠. 모든 사람들이 에로틱한 생활을 꿈꾸지만 동시에 그것이 그들의 불행, 욕구 불만, 질투, 열등감 그리고 고통의 원인이기 때문에 에로틱한 삶을 증오하죠.”

그는 텔레비전 광고 장면을 다시 보여 주었다. 샹탈은 축축한 입술에 닿은 또 다른 입술의 클로즈업 장면을 보며 장마르크와 한 번도 이런 식으로 키스한 적이 없다는 것을 깨달았다.(그녀가 이 사실을 이토록 명확하게 깨달은 것은 이번이 처음이다.) 그녀 자신도 놀랐다. 정말일까? 그들은 저런 식으론 한 번도 키스하지 않았을까?

　아니다. 그들이 이름도 모르던 때였다. 산속 어느 호텔의 큰 홀에서 그들은 술을 마시고 수다를 떠는 사람들 사이에 끼어 이런저런 이야기를 나누었는데 두 사람의 말투는 서로가 상대방을 원한다는 뜻을 내비쳤고 그들은 아무도 없는 복도로 빠져나가 한마디도 하지 않고 키스를 했다. 그녀는 입을 열었고 입안에 있는 모든 것을 핥겠다는 듯 장마르크의 입안에 자신의 혀를 밀어넣었다. 그들의 혀가 표현하는 열정은 관능적 필연성이 아니라, 당장 전격적으로 야만스럽게 시간 낭비하지 않고 성행위를 할 용의가 있음을 상대방에게 알리려는 조급함이었다. 그들의 침은 욕망이나 쾌락과는 아무 관련 없는 의사를 전달하는 전령이었다. 두 사람 모두 큰 목소리로 '당신과 지체하지 않고 당장 섹스를 하고 싶다.'라고 대놓고 말할 용기가 없었다. 그래서 침이 그들의 뜻을 대변하게 했던 것이다. 그래서 섹스 중에 (첫 키스를 나눈 몇 시간 후) 그들의 입은 아마도 (잘 기억은 나지 않았지만 돌이켜 생각하니 그녀는 거의 확신할 수 있었는데) 더 이상 서로의 관심을 끌지 못했으며 서로 접촉도 하지 않고 핥지도 않았으며 심지어 입에 대한 서로의 추한 무관심을 의식도 못 했던 것이다. 를르와는 다시 광고 영상을 멈췄다. "문제의 핵심은 욕구 불만을 자극하지 않으면서도 에로틱한 관심을 끌 수 있는 이미지를 찾는 것입니다. 이런 관점에서 보면 이 장면이 흥미로운 겁니다. 관능적 상상력이 자극되었다가 곧 모성애 차원으로 옮겨 갑니다. 친밀한 육체 접촉, 개인적 비밀의 부재, 타액의 혼합, 이런 것들은 성인 에로티시즘의 전유물이 아닙니다. 이런 것은 모든 육체적 쾌락의 원초적 낙원인 어머니와 아기의 관계에도 존재합니다. 임신부의 자궁 속에 있는 태아의 모습을 촬영한 적이 있지요. 우리는 흉내 낼 수도 없는 곡예 자세로 태아는 자신의 콩알만 한 성기를 빨고 있었습니다. 자, 이렇듯 섹스란 씁쓸한 질투심을 자아내는 젊고 건장한 육체의 전유물이 아닙니다. 태아의 자기 성애는 아무리 고지식하고 순진할지라도 이 세상 모든 할머니들의 가슴을 찡하게 할 것입니다. 왜냐하면 아기란 대다수 군중이 공유하는 가장 넓고, 강하고, 확실한 공통분모이기 때문입니다. 그리고 태아란 아기 이상의 무엇, 원형적 아기, 슈퍼-아기입니다!"

그는 다시 한 번 사람들에게 같은 광고를 보여 주었고 이번에도 역시 샹탈은 축축한 두 입술이 접촉하는 것을 보고 가벼운 혐오감을 느꼈다. 그녀는 중국과 일본의 성 문화에서는 입을 벌린 상태의 키스란 없다는 말을 들은 기억이 났다. 타액 교환은 에로티시즘에 뒤따르는 숙명이 아니라 어떤 변덕, 일탈, 유독 서구에만 있는 불결한 행위다.

시사회가 끝나자 를르와가 결론을 내렸다. "엄마의 침, 이것이야말로 루바쇼프 제품의 고객으로 만들기 위해 우리가 끌어모으려고 하는 대중을 연결하는 접착제입니다." 그리고 샹탈은 그녀의 오랜 은유를 수정했다. 남자들 사이를 누비고 다니는 것은 비물질적이며 시적인 장미 향이 아니다. 일군의 박테리아와 더불어 정부의 입에서 그의 애인 입으로, 애인 입에서 그의 부인 입으로, 부인 입에서 아기 입으로, 아기 입에

서 아줌마 입으로, 레스토랑 웨이트리스인 아줌마 입에서 그
녀가 침을 뱉은 수프를 마신 고객의 입으로, 고객 입에서 그의
부인 입으로, 거기서 다시 다른 입으로, 이렇듯 우리 각자가
우리를 하나의 타액 공동체, 축축하고 통일된 유일한 인류로
만들어 주는 침의 바다 속에 빠져 살듯 물질적이고 산문적인
침이 자신의 꿈이라고 정정했다.

18

그날 저녁 그녀는 자동차 엔진과 경적 소음을 헤치고 탈진하여 집에 돌아왔다. 서둘러 정적을 찾고 싶었던 그녀가 건물 문을 열자 노무자들이 악쓰는 소리와 망치 소리가 들렸다. 엘리베이터가 고장났다. 계단을 오르며 그녀는 혐오스러운 열기가 그녀를 사로잡는 것을 느꼈고 계단 통로를 타고 울려 퍼지는 망치 소리는 이 더위에 반주를 넣고 자극하고 증폭하고 찬양하는 북소리처럼 울렸다. 땀에 젖은 그녀는 아파트 문 앞에 서서 이렇듯 빨갛게 변신한 자신의 모습을 장마르크에게 보이지 않으려고 잠깐 기다렸다.

그녀는 "화장터의 불이 내게 명함을 제시한다."라고 중얼거렸다. 이 문장은 그녀가 꾸며 낸 것이 아니다. 자신도 어떻게 그랬는지 모르지만 그 문장이 그녀 머리를 스치고 지나간 것이다. 끊임없이 울리는 소음을 들으며 문 앞에 서서 그녀는 혼자 여러 차례 이 말을 중얼거렸다. 그녀는 이 문장을 좋아하지 않았고 이 문장의 거만하고 음산한 느낌이 악취미의 소산으로 보였지만 머릿속에서 털어 내 버릴 수 없었다.

마침내 망치 소리가 그치고 열기도 잦아들기 시작하자 그녀는 안으로 들어갔다. 장마르크가 그녀에게 키스를 했고 뭔가 이야기를 하자 아주 조금 작아지긴 했지만 다시 망치 소리가 울려 퍼졌다. 그녀는 쫓기고 있으며 어디에도 몸을 숨길 수 없다는 느낌을 받았다. 여전히 피부는 축축했고 그녀는 아무런 논리적 연결도 없는 말을 툭 내던졌다. "화장터의 불, 우리 육체를 그들 손에 내맡기지 않는 유일한 방법이지."

그녀는 장마르크의 놀란 눈을 보고 방금 자신이 얼마나 엉뚱한 말을 했는지 깨달았다. 그녀는 얼른 그녀가 보았던 광고 영상과 를르와가 했던 말, 특히 어머니 배 속 태아를 촬영한 것에 대해 이야기하기 시작했다. 곡예적인 자세에서 어떤 어른도 그만큼 할 수 없는 일종의 완벽한 수음 행위를 한 태아에 대해서.

"성생활을 하는 태아, 생각해 봐! 의식도, 개체성도, 아무런 감각도 없는데 이미 성적 충동, 쾌락을 느낀대. 우리 성은 자신에 대한 의식에 선행하는 셈이지. 우리 자아는 아직 존재하지 않지만 우리 탐욕은 이미 있는 거야. 이런 발상에 내 동료들이 감격했다는 걸 상상해 봐! 수음하는 태아 앞에서 그들 눈에 감격의 눈물이 그렁그렁했으니!"

"그러면 당신은?"

"아, 나는 혐오감을 느꼈어. 그래, 장마르크, 혐오감이었어."

이상하게 감정이 격해진 그녀는 그를 감싸고 꼭 껴안은 채 한동안 움직이지 않았다.

그리고 그녀는 말을 이었다. "생각 좀 해 봐. 소위 신성불가침하다는 어머니 배 속에서도 당신은 안전하지 않은 거야. 당신을 촬영하고 염탐하고 당신의 수음 행위를 관찰한단 말이야. 당신의 불쌍한 태아적 수음 행위를. 당신이 살아 있는 한 그들로부터 빠져나가지 못할 거야. 누구나 아는 사실이지. 이제는 당신이 태어나기 전에도 그들로부터 빠져나오지 못한단 말이야. 마치 죽은 뒤에도 빠져나오지 못하듯. 언젠가 신문에서 읽었던 것이 기억나. 누군가가 망명한 러시아 대귀족의 이름을 사칭해서 살았다고 사기 혐의를 받은 적이 있었어. 그가 죽자 이를 해명하고자 사람들은 그의 어머니라고 추정되는 한 여자 농사꾼의 해묵은 유해를 무덤에서 끄집어냈지. 그녀의 뼈를 잘라 내 유전자 감식을 한 거야. 도대체 무슨 고귀한 명분이 있기에 그 가엾은 여자를 무덤에서 파냈는지 알고 싶어. 그녀의 나체성을 파헤치다니, 그 절대적 나체성, 해골의 초월적 나체성을 말이야! 아, 장마르크, 나는 오로지 혐오, 혐오감만 느낄 뿐이야. 하이든의 머리 이야기 알아? 어떤 미친 학자가 뇌를 뒤져서 음악적 천재성이 어느 부위에 있는지 알아보려고 아직도 따뜻한 시체의 머리를 잘랐대. 아인슈타인 이야기는 알아? 그는 치밀하게 유언장을 써서 자신을 화장하도록 했대. 사람들은 그의 말에 따랐지만 충실하고 헌신적인 그의 제자가 스승이 바라보는 눈길이 없으면 살 수 없다고 했지. 화장하기 전에 그는 시체에서 눈알을 뽑아 알코올 병에 넣

어 자기가 죽는 순간까지 그 눈이 자기를 바라보도록 했어. 그
렇기 때문에 우리 육체가 그들 손아귀로부터 벗어나기 위한
유일한 길은 화장터의 불밖에 없다고 한 거야. 그것만이 유일
한 절대적 죽음이지. 나는 다른 죽음은 원치 않아. 장마르크,
나는 절대적 죽음을 원해."

잠시 후 망치 소리가 다시 방에 울려 퍼졌다.

"저놈의 소리를 듣지 않으려면 화장당하는 수밖에 없어."

"샹탈, 왜 그래? 무슨 일 있었어?"

그녀는 그를 쳐다보다가 다시 감정이 격양되어 등을 돌렸
다. 이번에는 그녀가 조금 전에 했던 말 때문이 아니라 그가
그녀에게 보여 준 간절함이 담긴 목소리 때문이었다.

다음 날, 그녀는 공동묘지로 가서 (적어도 한 달에 한 번씩 그러했듯) 아들의 무덤 앞에 섰다. 그녀는 거기에 가면 항상 그에게 말을 했고 그날도 자신을 해명하고 정당화할 필요성을 느낀 듯 아들에게 얘기했다. 아가야, 내 사랑하는 아가야. 내가 너를 사랑하지 않는다거나 사랑한 적이 없다고 생각하지 마라. 네가 살아 있었더라면 지금의 나처럼 될 수 없었을 거야. 그것 하나만 봐도 알 수 있잖니. 아기를 갖고 동시에 있는 그대로의 이 세계를 경멸한다는 것은 불가능하단다. 왜냐하면 우리가 너를 내보낸 곳이 바로 이 세계이기 때문이란다. 그래서 우리가 이 세계에 집착하는 것은 아기 때문이며, 아기 때문에 세계의 미래를 생각하고 그 소란스러움, 그 소요에 기꺼이 참여하며 이 세계가 저지르는 바로잡을 수 없는 바보짓에 대해 진지하게 고민하는 거란다. 너의 죽음을 통해 너는 너와 함께 있는 즐거움을 내게서 앗아 갔지만 동시에 나를 자유롭게 해 주었지. 내가 사랑하지 않는 이 세계를 정면으로 응시할 수 있을 만큼 나는 자유로워졌단다. 내가 감히 이 세계를 사랑하지 않을 수 있는 것은 네가 이 세상에 없기 때문이다. 나의 암울한 생각이 너에게 어떤 저주도 불러일으키지 못한다. 네가 나를 떠난 지 몇 년이 지난 지금 나는 깨달았단다. 너의 죽음이 하나의 선물, 내가 결국 받아들이고 만 끔찍한 선물이었다는 것을 말하고 싶다.

20

다음 날 아침, 그녀는 똑같은 필체로 쓰인 이름 모를 사람의 편지를 우편함에서 발견했다. 더 이상 지난번 편지처럼 짧고 가벼운 내용이 아니었다. 장문의 경찰 조서 같았다. "지난 토요일 9시 25분, 당신은 다른 날보다 일찍 집에서 나오더군요. 나는 평소처럼 버스 정류장까지 당신이 가던 길을 따라갔지만 이번에는 반대 방향으로 가더군요. 당신은 가방을 하나 들고 세탁소에 들어갔지요. 여자 주인은 당신을 잘 알고 아마도 당신을 좋아하는 눈치였습니다. 나는 길에서 그녀를 관찰했지요. 잠에서 깨어난 듯 세탁소 여자 주인의 얼굴이 밝아졌으니 당신이 농담을 건넨 것 같았어요. 그녀의 웃음, 당신이 불러일으킨 웃음소리를 들었고 거기서 당신 얼굴의 그림자를 보는 것 같았습니다. 그리고 뭔가를 가득 채운 가방을 들고 당신은 나왔지요. 당신 스웨터, 식탁보, 아니면 속옷이었을까요? 아무튼 당신의 가방은 당신 삶에 인위적으로 덧붙은 무엇이라는 느낌을 주었습니다." 그는 그녀의 옷과 목에 걸었던 진주를 묘사했다. "그 진주를 전에는 본 적이 없었습니다. 아름답더군요. 빨간색이 당신에게 잘 어울렸어요. 당신 얼굴을 환하게 만들더군요."

이번 편지는 C. D. B.라고 서명이 되어 있었다. 이것이 그녀를 고민하게 만들었다. 첫 번째 것에는 서명이 없었고 이러한 익명성이 말하자면 진지하다고 생각될 수 있었다. 그녀에게 인사 한 번 하고 곧 사라질 익명의 남자. 그러나 약자로 쓴 서명일지라도 그것은 한 발짝씩 서서히 그러나 반드시 자신을 알릴 의도가 있음을 드러내는 것이다. 그녀는 빙그레 웃으며 C. D. B.를 되뇌었다. 시릴디디에 브루기바. 샤를다비드 바르베루스.

그녀는 편지 내용에 대해 생각해 보았다. 그 남자는 거리에서 그녀를 미행했을 것이다. 첫 번째 편지에서 그는 "나는 당신을 스파이처럼 따라다닙니다."라고 썼다. 따라서 그녀도 그를 보았을 수도 있다. 하지만 그녀는 주위 사람들을 무심히 보는 편이고 특히 그날은 장마르크와 함께 있어서 더욱 그러했다. 더구나 세탁소 여주인을 웃게 만들고 가방을 들었던 사람은 그녀가 아니라 장마르크였다. 그녀는 다시 한 번 이 대목을 읽었다. "당신의 가방은 당신 삶에 인위적으로 덧붙은 무엇이라는 느낌을 주었습니다." 샹탈이 가방을 들지 않았는데 어떻게 그것이 "그녀 삶에 덧붙"을 수 있을까? "그녀 삶에 덧붙은" 그 무엇이 장마르크는 아닐까? 이 편지의 발신인은 우회적 방

식으로 그녀의 애인을 공격하려 했을까? 그녀는 빙그레 웃으며 자신의 반응이 희극적이라는 것을 깨달았다. 그녀는 상상의 애인으로부터 장마르크를 옹호하려 든 것이다.

첫 번째처럼 그녀는 이 편지를 어떻게 할지 몰랐고 첫 번째 경우와 같은 망설임의 과정이 되풀이되었다. 당장 버리려고 화장실 변기를 들여다보았다. 봉투는 갈기갈기 찢어 물과 함께 사라지게 했다. 그리고 편지는 접어 방으로 가져가 브래지어 밑에 넣었다. 속옷 선반으로 몸을 숙이다가 문이 열리는 소리를 들었다. 그녀는 재빨리 옷장을 닫고 돌아섰다. 장마르크가 문지방에 서 있었다.

그는 천천히 그녀 쪽으로 걸어왔고 예전엔 한 번도 그런 석이 없는, 불쾌할 정도로 긴장된 시선으로 그녀를 응시하다가 아주 가까이 다가와 그녀의 팔꿈치를 잡고 몸에서 삼십 센티미터쯤 거리를 두고 그녀를 계속 바라보았다. 그녀는 당황해서 무슨 말을 해야 할지 몰랐다. 그녀의 당혹감이 참을 수 없을 지경에 이르렀을 때 그는 그녀를 껴안고 웃으며 말했다. "차의 앞 유리창을 닦는 윈도 브러시처럼 당신 각막을 닦는 눈꺼풀을 보고 싶었지."

<h1 style="text-align:center">21</h1>

F와 마지막으로 만난 이후 그는 줄곧 생각했다. 눈, 영혼의 창, 아름다운 얼굴의 중심. 한 개인의 정체성이 집결되는 점. 그러나 동시에 일정량의 소금기가 있는 특수 세제로 끊임없이 닦고 적시어 유지 보수해야만 하는 시각 도구. 인간이 소유한 가장 위대한 경이로움인 시선은, 규칙적이며 기계적인 세척 운동으로 유지된다. 윈도 브러시로 닦아 내는 자동차 앞 유리처럼. 요새는 십 초 간격으로, 그러니까 눈꺼풀의 리듬과 거의 같은 간격으로 윈도 브러시의 작동 속도를 조절할 수도 있다. 장마르크는 그와 함께 이야기하는 사람들의 눈을 보며 눈꺼풀의 운동을 관찰하려 했지만 그게 쉽지 않다는 것을 알았다. 눈꺼풀을 의식하는 것에 익숙하지 않은 것이다. 그는 생각했다. 내가 다른 사람들의 눈을 자주 보지만 결국 보는 것은 눈꺼풀과 그 운동이다. 하지만 나는 그 운동을 기억하지

못한다. 내 면전에 있는 눈으로부터 그 운동을 지워 없애기 때문이다.

그리고 다시 생각했다. 조물주가 그의 아틀리에에서 작업하던 중 우연히 인간 형상 육체를 주물렀고 우리는 모두 어느새 그 형상의 영혼 노릇을 할 수밖에 없게 되었다. 십 초마다, 이십 초마다 닦아 주지 않으면 볼 수 없는 눈을 달아 대충 주물럭거려 만든 육체의 영혼이 된다는 것이 얼마나 한심한 운명인가! 우리 앞에 있는 타인이 자유롭고 독립적인 존재, 자신의 주인이라고 어떻게 믿을 수 있을까? 그의 육체는 거기에 거주하는 영혼의 충실한 표현이라고 어떻게 믿을 수 있을까? 그것을 믿기 위해서는 지속적으로 깜박이는 눈꺼풀의 움직임을 잊어야만 한다. 우리가 태어난 곳인 엉터리 아틀리에를 잊어야만 한다. 망각의 계약에 복종해야만 한다. 우리에게 이 계약을 강요한 자는 바로 조물주 자신이다.

그러나 유년기와 청년기 사이의 어떤 짧은 시절, 장마르크는 이러한 망각의 계약을 미처 의식하지 못한 채 눈꺼풀이 눈 위로 미끄러지는 모습을 기가 막히다는 듯 멍하니 바라본 적이 있었다. 그는 눈이란 영혼을 엿볼 수 있는 유일하고 경이로운 창이 아니라 누군가 까마득한 옛날에 작동시킨 불량품 기계임을 발견했다. 청소년기의 돌연한 깨달음의 순간은 충격이었을 것이다. F가 그에게 말했다. "우뚝 서더니 네가 내 얼굴을 찬찬히 뜯어보더라. 그러고는 이상할 정도로 단호하게 이렇게 말했지. 그의 눈이 어떻게 깜박이는지 보면 다 알 수 있더라⋯⋯." 그는 자신이 한 말을 기억하지 못했다. 그것은 잊어버리도록 예정된 충격이었다. 그리고 사실 F가 그에게 환기해 주지 않았다면 영원히 잊었을 것이다.

이런 생각에 깊이 잠겨 집에 돌아온 그는 샹탈의 방문을 열었다. 그녀는 뭔가를 옷장에 정리하는 중이었고 장마르크는 그가 생각하기에는 언어로 형용될 수 없는 영혼의 창인 그녀의 눈, 그 눈을 닦는 눈꺼풀을 보고 싶었다. 그는 그녀에게 다가가 팔꿈치를 잡고 그녀 눈을 바라보았다. 그녀는 시험을 치르는 중이라는 것을 안다는 듯 눈꺼풀을 상당히 빨리 깜박이고 있었다.

그는 빨리, 너무 빨리 오르내리는 눈꺼풀을 보았고 이 눈의 동작이 처절할 정도로 실망스럽다고 느꼈던 열여섯 살의 장마르크가 느꼈던 감흥, 그 자신만의 감흥을 되찾고 싶었다. 그러나 눈꺼풀의 비정상적인 속도, 그 운동의 돌연한 불규칙성에 그는 실망보다는 측은함을 느꼈다. 그는 샹탈의 눈꺼풀 윈도 브러시에서 그녀 영혼의 날개, 겁에 질려 부들부들 떨며 퍼덕이는 날개를 보았다. 그의 감동은 번갯불처럼 순간적이었고 그는 샹탈을 꼭 껴안았다.

그리고 포옹을 풀고 당혹해하는 그녀의 멍한 얼굴을 보며 이렇게 얘기했다. "차의 앞 유리창을 닦는 윈도 브러시처럼 당신 각막을 닦는 눈꺼풀을 보고 싶었지."

"무슨 말을 하는지 도무지 모르겠네." 갑자기 긴장이 풀린 그녀가 대답했다.

그리고 그는 그가 사랑하지 않던 친구가 일깨워 준 망각의 기억을 그녀에게 말해 주었다.

22

"내가 고등학교 시절 품었던 생각이라며 F가 이 말을 해 주었을 때 나는 철저히 터무니없는 소리를 들었다는 느낌이 들었어."

"아닐 거야. 내가 아는 당신이라면 틀림없이 했을 법한 말이야. 모든 게 들어맞잖아. 의학을 공부했던 것을 기억해 봐!"

남자가 직업을 선택하는 그 마술적 순간을 그는 결코 무시하지 않았다. 잘못된 선택을 고치기에 인생이 너무 짧다는 사실을 잘 알았던 그는 어떤 직업에도 선뜻 호감이 가지 않아 무척 고민했다. 별다른 기대는 하지 않았지만 그는 눈앞에 제시된 가능성의 폭을 검토해 보았다. 남들을 박해하는 데 일생을 보내는 검사, 버릇없는 아이들로부터 고통 받는 초등학교 선생, 기껏 발달해 보았자 조그마한 편이와 엄청난 재난을 일으키는 기술 분야, 공허하고 궤변적인 수다뿐인 인문 과학, 그가 혐오하는 유행에 철저히 종속된 실내 장식,(목수였던 할아버지에 대한 추억 때문에 호감이 갔다.) 상자와 병을 파는 종업원으로 전락하는 한심한 약사. 평생 직업으로 무엇을 선택해야 할까 하고 생각하자 그의 깊은 내면은 가장 난처한 침묵에 빠졌다. 마침내 의사 쪽으로 결심했지만 마음에서 우러나는 호감이 아니라 이타적 이상주의에 따른 결론이었다. 그는 의학이야말로 누가 뭐라 해도 인간에게 유용하고 그 기술적 발전에 최소한의 부작용만 뒤따르는 유일한 직종이라 생각했다.

그가 2학년 해부학 교실에서 시간을 보내면서 실망을 하는 데에는 오랜 시간이 걸리지 않았다. 그는 영원히 벗어나지 못할 충격을 받았다. 시체를 정면으로 바라볼 수 없었던 것이다. 곧이어 그보다 더욱 난처한 진실을 자인해야 했다. 그는 육체를 정면에서 바라볼 수 없었던 것이다. 숙명적이며 무책임한 불완전성, 육체의 변화를 주재하는 부패의 시계, 그 피, 그 내장, 그 고통.

F에게 눈꺼풀 움직임에 대한 혐오감을 말했을 때가 아마도 그가 열여섯 살 무렵이었을 것이다. 의학을 공부하기로 결심했을 때는 열아홉 살이었다. 당시에는 이미 망각의 계약을 맺은 후라 삼 년 전 F에게 했던 말을 그는 더 이상 기억하지 못했다. 그에게는 유감스러운 일이다. 기억했더라면 주의했을 수도 있었을 것이다. 기억했더라면 의학을 선택한 것은 자기 자신에 대한 인식은 하나도 없이 순전히 이론적, 편향적 선택이라는 것을 알 수 있었을 것이다.

그래서 삼 년간 의학 공부를 한 뒤 표류하는 기분에 빠져 공부를 포기했다. 이렇게 세월을 허비한 뒤 무엇을 선택해야만 할까? 그의 깊은 내면은 예전과 다름없이 입을 꾹 다물고 있는데 무엇에 매달려야 할까? 대학의 넓은 실외 계단을 마지막으로 내려올 때 그는 모든 열차가 떠나 버린 플랫폼에 혼자 남은 심정이었다.

23

상탈은 조심스럽게, 그러나 신경을 곤두세우고 발신자를 찾아내기 위해 주위를 둘러보았다. 길모퉁이에 레스토랑이 있었다. 그녀를 염탐하기에 이상적인 장소였다. 거기에서는 그녀 집 입구, 그녀가 매일 지나다니는 두 거리, 그리고 버스 정류장이 보였다. 그녀는 그곳에 들어가 자리에 앉아 커피를 주문한 뒤 손님들을 찬찬히 살펴보았다. 그녀가 들어가자 시선을 다른 데로 돌린 젊은 남자가 카운터에 있었다. 그자는 그녀도 안면 있는 단골이었다. 예전에 여러 차례 시선이 마주쳤고 그러면 그가 그녀를 못 본 척했던 것까지 기억이 났다.

어떤 날인가 그녀는 그녀 옆에 있는 여자에게 그자를 가리켜 보였다. "뒤바로 씨예요!" "뒤바로예요, 아니면 뒤 바로예요?" 여자는 그건 몰랐다. "그러면 이름은 아세요?" 아니다. 그녀는 이름도 몰랐다.

뒤 바로라면 딱 어울릴 것 같았다. 이 경우 그녀의 추종자는 샤를디디에나 크리스토프다비일 수 없고 이니셜 D는 귀족을 의미하는 전치사일 것이며 뒤 바로에겐 중간 이름이 없을 것이다. 시릴 뒤 바로, 혹은 샤를 뒤 바로. 그녀는 몰락한 시골 귀족 가문을 상상했다. 자신의 귀족 전치사에 대해 우스꽝스러운 자부심을 갖는 가문. 그는 카운터 앞에서 무관심을 가장한 채 앉아 있는 남자를 샤를 뒤 바로라고 상상했고 귀족 전치사가 그에게 잘 어울리며 시큰둥한 그의 태도와도 완벽하게 들어맞는다고 생각했다.

잠시 후 그녀는 장마르크와 함께 거리를 걸었고 뒤 바로가 앞쪽에서 나아왔다. 그녀는 빨간 신주 목걸이를 걸고 있었다. 장마르크의 선물이었지만 너무 화려하다고 생각해서 그녀는 이 목걸이를 자주 걸지 않았다. 그 목걸이가 아름답다고 한 뒤 바로의 말 때문에 그것을 걸었다고 생각할지도 몰랐다. 그는 자기 때문에, 자기를 위해서 그녀가 그 목걸이를 했다고 생각할 것이다. (더구나 맞는 말이다!) 그는 힐끗 그녀를 쳐다봤고 그녀도 그를 바라보다가 진주 목걸이를 생각하고 얼굴을 붉혔다. 그녀는 가슴팍까지 상기되었고 그가 그 모습을 보았다고 확신했다. 그러나 장마르크와 샹탈은 그를 지나쳐 갔고 그가 이미 멀어졌는데 놀란 사람은 다름 아닌 장마르크였다. "얼굴이 붉어졌네! 왜 그래? 무슨 일이야!"

그녀 자신도 놀랐다. 무슨 이유로 얼굴을 붉혔을까? 그 남자에게 지나친 관심을 기울였다는 수치심 때문에? 그러나 그녀가 그에게 보여 준 관심은 하찮은 호기심일 뿐인데! 맙소사,

요새 왜 그렇게 자주 쉽사리 여자아이처럼 얼굴이 붉어지는 걸까?

사실 어린 시절 그녀는 얼굴을 자주 붉혔다. 당시 그녀는 신체적으로 여자가 되는 과정에 진입했고 그녀의 육체는 그녀에게 수치심을 불러일으키는 뭔가 거추장스러운 것이 되었다. 성인이 되자 그녀는 얼굴 붉히는 것을 잊었다. 다시 정념의 뜨거운 입김이 성인화 과정의 끝을 예고하자 그녀의 육체는 다시금 그녀에게 수치심을 불러일으켰다. 수줍음이 되살아나자 그녀는 다시 얼굴을 붉히는 법을 배운 것이다.

24

　다른 편지들도 속속 들이닥쳤고 그녀는 그것을 점점 무시할 수 없게 되었다. 편지는 지적이며 점잖았고 조롱기나 장난기도 전혀 없었다. 발신자는 아무것도 원하지 않고 아무것도 요구하지 않고 그 무엇도 물고 늘어지지 않았다. 그는 현명하게도(혹은 교활하게도) 자신의 개성, 삶, 감정, 욕망을 어둠 속에 감춰 두었다. 그는 스파이였다. 오로지 그녀에 대해서만 말했다. 그것은 유혹이 아닌 숭배의 편지였다. 혹시 거기에 유혹이 있었다면 장기적 안목으로 계획된 것이다. 하지만 그녀가 방금 받은 편지는 보다 대담했다. "사흘 동안 당신을 보지 못했습니다. 당신을 다시 보았을 때 너무도 가볍고 위로 떠오르고자 갈망하는 당신 모습에 나는 경탄하고 말았습니다. 당신은 존재하기 위해서는 춤을 추고 위로 솟구쳐야만 하는 불꽃을 닮았습니다. 그 어느 때보다도 늘씬한 몸매로 당신은 경쾌하고, 디오니소스적이고, 도취한 듯한 야만적인 불꽃, 그 불꽃에 둘러싸여 있더군요. 당신을 생각하며 나는 당신 알몸 위에 불꽃으로 엮은 외투를 던졌습니다. 당신의 하얀 육체를 추기경의 주홍색 외투로 가렸습니다. 이렇게 가리운 당신 몸, 빨간 방, 빨간 침대, 빨간 추기경 외투, 그리고 당신. 아름다운 빨간 당신이 눈에 선합니다!"

며칠 후 그녀는 빨간 잠옷을 샀다. 집으로 돌아와 자신의 모습을 거울에 비춰 보았다. 이리저리 비춰 보며 잠옷 자락을 천천히 끌어올렸고 자신이 이토록 늘씬한 적이 없었고 피부도 이토록 하얀 적이 없었다고 느꼈다.

장마르크가 돌아왔다. 멋진 디자인의 빨간 잠옷을 입고 교태스럽고 유혹적인 발걸음으로 다가오는 그녀 모습을 보고 그는 깜짝 놀랐다. 그녀는 그의 주위를 맴돌다가 잡으려 들면 빠져나가고 다가오도록 했다가 다시금 도망갔다. 이런 놀이에 매료된 그는 그녀를 쫓아 아파트 여기저기를 돌아다녔다. 어느새 까마득히 먼 옛날 남자에게 쫓기는 여자의 상황이 연출되었고 그는 그것에 흠뻑 빠져들었다. 그녀는 커다란 원탁 주위를 돌며 자기를 원하는 남자를 앞질러 달려가는 여자 이미지에 스스로 도취되었고 침대로 도망쳐 잠옷을 목까지 걷어올렸다. 그날 그는 전혀 새롭고 예상 밖인 힘으로 그녀를 사랑했고 그녀는 불현듯 여기, 이 방에 누군가가 있어 그들을 눈이 빠지게 관찰한다는 느낌을 받았으며 그녀에게 이 빨간 잠옷을 강요하고 이러한 성행위를 강요하는 샤를 뒤 바로의 얼굴이 눈앞에 떠올라 그 남자를 상상하며 희열의 비명을 질렀다.

이제 그들은 나란히 누워 긴 숨을 내쉬었고 그녀를 엿보는 남자 모습을 상상하며 그녀는 흥분했다. 그녀는 알몸 위에 빨간 추기경 외투를 입고 사람들로 가득 찬 교회 안을 걸어가는 이야기를 장마르크 귀에 속삭였다. 이 말을 듣자 그는 다시 그녀를 껴안고 그녀가 연신 속삭이는 상상의 파도에 몸을 내맡겨 다시 그녀에게 사랑을 퍼부었다.

그리고 모든 것이 잠잠해졌다. 그녀 눈앞에는 침대 한 귀퉁이에 그들의 육체 때문에 구겨진 그녀의 빨간 잠옷만 남아 있었다. 반쯤 감긴 그녀 눈앞에서 이 빨간 얼룩은 장미 다발로 변했고 그녀가 거의 잊어버렸던 희미한 장미 향, 모든 남자에게 키스하고자 갈망하는 장미 향을 느꼈다.

25

　다음 날인 토요일 아침 그녀는 창문을 열고 찬란하게 푸른 하늘을 보았다. 그녀는 행복했고 명랑했으며 막 나가려는 장마르크에게 불쑥 말을 건넸다.

"불쌍한 내 브리타니퀴스가 무엇을 할 수 있었을까?"

"왜?"

"그가 여전히 음탕할까? 아직도 살아 있을까?"

"왜 그가 생각났지?"

"몰라. 그냥."

　장마르크는 나갔고 그녀만 혼자 남았다. 그녀는 욕실로 갔다가 아주 아름답게 치장하고 싶어서 옷장 쪽으로 갔다. 옷장 안을 보았을 때 그녀 시선을 끄는 무엇인가가 있었다. 그녀 기억에는 아무렇게나 던져두었던 숄이 속옷 칸 옷더미 위에 잘 개어져 있는 것이었다. 누가 그녀 물건을 정돈했단 말인가?

파출부는 일주일에 한 번 오고 그녀의 옷장은 결코 건드리지 않는다. 그녀는 자신의 관찰력에 스스로 놀랐고 그것이 예전에 휴가 때 머물던 숙소에서 체득한 교육 덕택이라고 생각했다. 그곳에서 그녀는 누군가로부터 염탐을 당한다는 느낌에 사로잡힌 나머지 남의 손을 타면 남을 법할 조그만 변화라도 알아내기 위해 자기가 물건을 정리한 방식을 정확하게 기억하는 법을 익혔다. 이러한 과거가 이제는 완전히 흘러간 옛일이란 사실에 행복해진 그녀는 거울에 비친 자기 모습에 흡족해서 밖으로 나갔다. 그녀는 새로운 편지가 그녀를 기다리는 우편함을 열었다. 그녀는 편지를 가방에 넣고 어디에서 읽을 것인지 궁리했다. 그녀는 조그만 공원을 발견하고 햇살에 날아올라 단풍이 물들기 시작한 커다란 가을 보리수 나뭇가지 아래에 앉았다.

"……보도 위를 소리 내어 걷는 당신 발뒤꿈치는 내가 아직가 보지 못한, 나뭇가지처럼 여러 갈래로 뻗어 나간 길을 생각나게 합니다. 당신은 내 어린 시절의 강박관념을 다시 일깨웠습니다. 나는 내 앞에 놓인 삶을 한 그루 나무라고 상상했지요. 그때 나는 그것을 가능성의 나무라고 불렀지요. 삶을 이런식으로 보는 것은 아주 짧은 기간 동안뿐입니다. 그 후 삶은영원히 강요된 길, 빠져나올 수 없는 터널처럼 보였습니다. 하지만 오래된 나무의 이미지는 내 마음속에 지워질 수 없는 향수로 남아 있습니다. 당신은 내게 이 나무를 다시 일깨워 주었고 나는 그 보답으로 당신에게 이 이미지를 전달하고 그 매력적인 속삭임을 들려 드리고자 합니다."

그녀는 머리를 들었다. 위로는 새 무늬로 장식된 금장 천장처럼 보리수 나뭇가지가 펼쳐져 있었다. 마치 편지에서 말한 그 나무처럼. 그녀의 마음속에서는 은유적 나무가 그녀의 오래된 장미 은유와 뒤섞여 있었다. 집으로 돌아가야만 했다. 작별 인사 삼아 보리수나무 쪽으로 다시 한 번 눈길을 준 뒤 그녀는 그곳을 떠났다.

사실을 말하자면 어린 시절 신화적 장미는 그녀보다 훨씬 나이가 많았던 한 영국 남자에 대한 기억을 제외하곤 그녀에게 그다지 많은 연애 체험을 제공하지 않았으며 심지어 어떤 구체적 상황도 환기하지 못했다. 차라리 우스운 추억이랄 수 있는 그 영국 남자는 십여 년 전 여행사에 들렀을 때 삼십 분간 그녀에게 추파를 던졌다. 나중에 안 일이지만 그자는 소문난 바람둥이에다가 난교꾼이었다. 그 만남은 장마르크와 주고받은 농담의 소재가 됐고(그자에게 브리타니퀴스라는 별명을 붙인 것은 바로 장마르크였다.) 이전까지는 무심히 들어 넘겼던 몇몇 단어의 뜻을 확인했다는 것을 제외하곤 별다른 열매를 맺지 못했다. 난교꾼이나 영국이라는 단어를 예로 들 수 있는데, 영국이라는 단어는 다른 사람에게 환기하는 의미와는 반대로 그녀에게는 쾌락과 악덕의 장소를 의미했다.

돌아오는 길에도 보리수나무의 새소리가 여전히 들렸고 음탕한 영국 늙은이의 모습이 눈앞에 어른거렸다. 이러한 이미지의 안개 속에서 그녀는 한가한 발걸음으로 그녀가 사는 거리까지 갔다. 오십여 미터 앞 식당의 테이블이 인도로 나와 있었는데 거기에 젊은 편지의 발신인이 앉아 있었다. 책도 신문

도 없이 그는 아무것도 하지 않으면서 적포도주 한 잔을 앞에
놓고 샹탈의 표정과 비슷한, 행복하고 나태 어린 표정으로 허
공만 바라보고 있었다. 그녀의 심장이 뛰기 시작했다. 어쩌면
저토록 교활하게 모든 것을 연출했을까! 막 그의 편지를 읽
은 그녀를 만나리라는 것을 그가 어찌 알았을까? 당황한 그녀
는 알몸에 빨간 외투를 입고 걷듯 그녀의 은밀한 삶의 염탐꾼
에게 다가갔다. 그에게서 몇 걸음 떨어진 곳에 다다랐을 때 그
녀는 그가 자신을 불러 세울 순간을 기다렸다. 어떻게 해야 할
까? 그녀는 결코 이 만남을 원치 않았다! 그렇지만 겁 많은 계
집아이처럼 도망칠 수도 없는 노릇 아닌가? 그녀의 발걸음이
느려졌고 그를 바라보지 않으려고 애썼지만(맙소사, 그녀는 정
말 계집아이처럼 행동했는데 이것이 과연 그녀가 그토록 늙었음을 의
미할까?) 이상하게도 그는 적포도주 잔을 앞에 둔 채 무심하게
앉아 그녀는 보지 못한 듯 허공만 바라보고 있었다.

집으로 가는 걸음을 재촉하는 그녀는 이미 그로부터 멀어
져 있었다. 뒤 바로에겐 배짱이 없었던 걸까? 아니면 자제한
것일까? 천만에. 아니다. 그의 무관심은 너무도 진지해서 그
녀는 추호도 의심할 여지가 없었다. 그녀가 착각한 것이다. 그
녀가 끔찍할 정도로 착각한 것이다.

26

그날 저녁 그녀는 장마르크와 함께 레스토랑에 갔다. 옆자리에 앉은 부부는 끝없는 침묵 속에 침잠해 있었다. 타인의 시선에 노출된 침묵을 관리하는 것이 쉬운 일은 아니다. 그들은 시선을 어디에 두어야만 할까? 아무 말도 하지 않은 채 서로의 눈만을 바라본다면 우스워 보일 것이다. 천장만 본다면? 침묵 시위처럼 보일 것이다. 옆 테이블을 구경한다? 그러면 그들의 침묵을 재미 삼아 구경하는 시선과 부딪힐 공산이 크고 그것이야말로 최악의 경우다.

장마르크가 샹탈에게 말했다. "두 사람이 서로 미워하는 건 아니야. 사랑이 무관심으로 바뀐 것도 아닐 거야. 두 인간이 나눈 말의 양에 따라 그들의 애정을 저울질할 수는 없거든. 단지 저들 머리가 텅 비었을 뿐이야. 아무 할 말도 없어서 상대방에 대한 예의상 말하기를 거부하는 걸 거야. 페리고르의 아주머니하고는 정반대지. 아주머니를 만나면 아주머니는 한숨도 쉬지 않고 말을 했어. 나는 아주머니가 어떻게 그토록 말을 많이 할 수 있는지를 이해하려고 했지. 아주머니는 보고 행동하는 모든 것보다 말을 두 배로 하거든. 아주머니가 아침에 눈을 뜨고 아침 식사라고 고작 블랙 커피를 한 잔 마시면 아저씨는 산책을 나가 버리지. 생각해 봐라, 장마르크야. 남편은 돌아오면 텔레비전만 본단다. 말도 안 되지! 리모컨을 이리저리 누르다가 텔레비전에 싫증이 나면 책을 뒤적거린단다. 그리고 나면 ─ 아주머니 표현을 그대로 옮기자면 ─ 시간이 그에게 흘러간다는 거지…… 샹탈, 나는 어떤 신비한 것을 정의 내린 것 같은 그런 단순하고 평범한 표현이 참 좋더라. '그리고 이렇게 시간이 그에게 흘러간다.'라는 말은 근본적 문장이야. 그분들의 문제는 시간이고, 시간을 흘러가게 하고, 절로, 그분들은 힘들이지 않고, 걷다가 지친 사람처럼 굳이 시간을 따라가지 않고 흘러가게 하는 것, 그게 중요한 것이고 바로 그런 이유 때문에 아주머니는 말을 하는 거야. 아주머니가 쏟아내는 단어는 슬그머니 시간을 움직이게 만드는 반면 아주머니 입이 닫혀 있으면 시간은 정지되고, 묵직하고 거대한 시간이 어둠 속에서 뛰쳐나와 불쌍한 아주머니를 공포에 떨게 만들지. 그래서 겁에 질린 아주머니는 누군가를 찾아 아주머니의 딸이 설사하는 아기 때문에 걱정이 많다고 수다를 떠는 거야. 맞아, 그래. 장마르크, 설사로구나, 설사. 의사한테 갔더니, 넌 모르는 의사일 거야, 우리 집에서 멀지 않은 곳에 사는 의사지. 수년 전부터 알고 지내는 사이야. 맞아, 장마르크. 벌써 수년 전부터 그가 날 치료해 줬지. 너도 기억나니? 내가 겨울에 독감에 걸렸을 때, 맞아, 장마르크, 열이 무척 심했지."

샹탈이 미소 지었고 장마르크는 또 다른 추억을 이야기했다. "내가 열네 살 적에 할아버지, 목수 할아버지 말고, 다른 할아버지가 죽어 가고 있었지. 며칠 동안 그분 입에서는 그 무엇과도 닮지 않은 소리, 고통 받지 않았으니 신음도 아니고 발음을 할 수 없었을 테니 단어도 아닌 소리가 새어 나왔어. 말하는 기능을 상실한 것은 아닌데 그냥 할 말이 없었던 거야. 전달해야 할 구체적 내용도 없었지. 심지어 함께 이야기를 나눌 사람도 없었고 누구에게도 무관심했던 할아버지는 혼자 소리를 냈지. 아아아라는 소리만 내면서 숨을 들이쉴 때만 잠깐씩 소리를 멈추곤 했어. 나는 홀린 듯 할아버지를 보았고 결코 그 모습을 잊지 못하겠어. 아주 어린 아이였던 나는 깨달았다고 믿은 거야. 나는 저것이 있는 그대로의 시간과 대면한 있는 그대로의 존재라고. 그리고 그 대면이 권태라 불린다는 것을 깨달았지. 할아버지의 권태는 그 소리, 끊임없는 아아아로 표출되었던 거야. 그 아아아가 없었다면 시간이 그분을 짓눌렀을 거야. 할아버지가 시간에 대항해서 휘두를 수 있는 유일한 무기, 그것은 끊임없는 아아아란 불쌍한 소리뿐이었지."

"그분이 죽어 가며 동시에 권태에 빠졌다는 말이야?"

"맞아. 내 말이 그 말이야."

그들은 죽음, 권태에 대해 얘기했고 보르도 포도주를 마셨고 웃으며 즐겼으며 그래서 행복했다.

그러더니 장마르크가 다시 생각의 꼬리를 이어 갔다. "권태가 측량할 수 있는 것이라면 오늘날 권태의 양은 과거보다 훨씬 늘었다고 할 수 있지. 과거의 직업은, 적어도 대부분의 직업은 정열적 집착 없이는 생각할 수조차 없었지. 그들의 땅과 사랑에 빠진 농부, 아름다운 탁자를 만들어 내는 마술사인 내 할아버지, 모든 마을 사람들의 발 크기를 외우던 구두 수선공, 그리고 산지기, 정원사도 마찬가지였어. 당시에는 군인도 아마 정열적으로 살인을 했을 거야. 삶의 의미는 문제되지 않았지. 삶의 의미가 그들의 공장, 그들의 밭에 그들과 아주 자연스럽게 공존했던 거야. 각각의 직업은 그 고유한 직업 의식, 존재 방식을 낳았지. 의사는 농부와는 다른 식으로 생각했고 군인은 초등학교 교사와는 다른 행농 양식을 가졌지. 오늘날 우리는 모두 비슷해. 누구나 자신의 직업에 무관심하다는 공통점으로 균일화된 거지. 이러한 무관심이 열정이 된 거야. 무관심이 우리 시대의 유일한 집단적 열정인 셈이지.”

상탈이 말했다. “하지만 당신 경우를 말해 봐. 스키 선생이었을 때나 실내 건축, 그리고 잡지, 그리고 나중에 의학 전문지에 기고할 때, 혹은 가구 공장에서 디자이너로 일했을 때…….”

“……그래, 그런 게 내가 가장 좋아했던 것들인데 잘 되지 않아서…….”

“……그리고 당신이 아무 일도 하지 않고 실직 상태였을 때 당신도 아마 권태에 빠졌을 텐데!”

“당신을 알고부터 모든 게 달라졌어. 내 하찮은 일이 예전보다 흥미로워진 것은 아니지만 주변에서 일어나는 모든 것을 우리 대화 소재로 삼았기 때문이지.”

"다른 이야기도 할 수 있잖아!"

"세상에서 외따로 떨어져 사랑하는 두 존재, 그건 아주 아름답지. 하지만 두 사람이 마주 앉아 무슨 얘기를 할 수 있을까? 이 세상이 아무리 경멸할 만한 것일지라도 그들에겐 이 세계가 필요해. 서로 대화를 하기 위해서라도 말이야."

"침묵할 수도 있을 텐데."

"옆자리에 앉은 저 두 사람처럼?" 하고 장마르크가 웃었다. "아니야, 어떤 사랑도 침묵에 배겨 날 순 없어."

27

웨이터가 후식을 들고 그들 테이블로 다가와 몸을 숙였다. 장마르크는 다른 화제로 넘어갔다. "우리 거리에서 가끔 눈에 띄는 거지 알지?"

"아니."

"그럴 리가 없어, 틀림없이 본 적 있을 거야. 공무원이나 고등학교 선생 같은 외모에 사십 대쯤 되어 보이는 남자가 궁핍에 찌들려서 몇 푼 달라고 손을 내밀잖아. 누군지 모르겠어?"

"몰라."

"아니야! 항상 플라타너스 나무 아래 붙박이처럼 있잖아. 더구나 나무라고 거리에 남아 있는 건 그거 한 그루뿐인데, 당신 창문에서도 잎이 보여."

플라타너스를 생각하니 불현듯 그의 모습이 그녀 머리에 떠올랐다.

"아! 누군지 알겠어!"

"나는 그에게 말을 걸고 대화를 시작해서 그가 누구인지 정확하게 알고 싶은데 그게 얼마나 어려운지 당신은 모를 거야."

샹탈은 장마르크의 마지막 말은 듣지 못했다. 그녀 눈에는 거지가 보였다. 나무 아래 서 있는 남자. 그 겸손함 때문에 오히려 눈에 띄는 지워진 남자. 행인들이 그가 거지임을 겨우 알아볼 만큼 항상 깔끔한 차림. 며칠 전 그는 샹탈에게 다가와 아주 정중하게 적선을 요구했다.

장마르크는 말을 이었다. "그게 어려운 것이, 그는 사람들을 경계할 테니까. 호기심일까 하고 생각하고 그걸 두려워할 거야. 동정심? 그건 모욕이지. 뭔가 제안하면서 말을 걸까? 하지만 뭘 제안하지? 내가 그 사람 입장이 된다면 다른 사람에게 무엇을 기대할 것인지도 생각해 봤어. 그런데 여전히 모르겠거든."

그녀는 나무 아래에 서 있는 그의 모습을 상상했는데, 편지를 쓴 자가 바로 그 사람이란 생각이 섬광처럼 머리를 스친 것은 바로 그 나무 때문이었다. 나무 아래 선 남자, 나무 이미지로 충만한 남자, 그의 정체가 드러난 것은 바로 그 나무에 대한 은유 때문이었다. 그녀의 생각은 빠르게 꼬리를 물고 이어졌다. 직업 없는 남자, 하루 종일 시간이 남아도는 그 남자 외에는 누구도 그녀 우편함에 슬그머니 편지를 넣을 수 없을 테고 누구도 거들떠보지 않는 그런 사람이 아니라면 그 누구도 남의 눈을 피해 그녀의 사사로운 생활까지 속속들이 관찰할 수 없을 것이다.

장마르크는 하던 말을 계속했다. "지하실을 정리하는 데 와서 도와주겠어요? 하고 말을 걸 수도 있겠지. 그는 거절할 거야. 게을러서 그런 게 아니라 작업복이 없어서 그럴 거야. 동냥을 하려면 옷을 단정하게 간수해야만 할 거야. 아무튼 난 그에게 말을 걸고 싶어서 미치겠어. 그는 내 분신이기 때문이야!"

장마르크의 말을 한쪽 귀로 흘려듣던 샹탈이 말했다. "그의 성생활은 어떨까?"

"성생활, 제로, 제로겠지! 말짱 꿈이지!" 장마르크가 웃으며 말했다.

꿈 하고 샹탈은 중얼거렸다. 그녀는 고작 불행한 사람의 꿈에 불과한 것이다. 왜 하필이면 그녀를 골랐을까?

장마르크는 다시 오래전부터 품었던 생각을 말했다. "언젠가는 말을 걸 거야, 저기 카페에 가서 차나 한잔합시다, 당신은 나의 분신입니다. 당신은 내가 오로지 우연 덕분에 벗어난 운명을 겪고 있는 겁니다."

"바보 같은 소리 하지 마. 당신은 그런 운명의 위협을 받은 적이 없잖아."

"대학을 떠날 때 열차가 모두 끊겼다는 것을 깨닫던 그 순간은 결코 잊지 못해."

"그래, 나도 알아." 같은 이야기를 여러 번 들었던 샹탈이 말했다.

"하지만 당신의 조그만 실패를 어떻게 행인이 한 푼 쥐여주길 기대하는 한 남자의 진짜 불행과 비교할 수 있어?"

"학업을 포기한 것은 실패가 아니었어. 그때 내가 포기한 것, 그것은 야심이었어. 나는 어느 날 돌연 야심 없는 남자가 되었던 거고 그 바람에 나는 이 세계의 변두리에 놓인 거였어. 더욱 끔찍한 일은, 내가 그 외 다른 곳에는 있고 싶지 않았다는 거지. 거기에서 떠나고 싶지 않으니 다른 어떤 위협도 무섭지 않았어. 그러나 아무런 야심도 없이 성공하고 인정받고 싶어 안달복달하지 않으면 당신은 몰락의 문지방에 턱하니 걸터앉게 되는 거야. 나는 거기에 정착했고 사실 아주 편했지. 정착하긴 했지만 그곳은 어쩔 수 없이 추락 직전의 문턱이었어. 따라서 나는 지금 이토록 흡족하게 앉아 있는 이 레스토랑의 주인 곁이 아니라 그 거지 곁에 있는 거야. 과장이 아니야."

상탈은 생각했다. 나는 거지의 에로틱한 우상이 되었다. 이것이야말로 참으로 희극적 영광이다. 그러다가 그녀는 생각을 고쳤다. 거지의 욕망이 사업가의 욕망보다 덜 존경받을 이유가 어디 있단 말인가? 희망 없는 상태이니 그 욕망이야말로 이루 말할 수 없는 가치를 지닌다. 그 욕망은 자유롭고 진지하다.

뒤이어 또 다른 생각이 떠올랐다. 빨간 잠옷 차림으로 장마르크와 정사를 하던 날 그들을 관찰하며 곁에 있었던 제삼자는 레스토랑의 젊은 남자가 아니라 거지였다! 그녀 어깨에 붉은 외투를 덮어 준 자도, 그녀를 음탕한 추기경으로 만든 자도 바로 그였다! 잠깐 동안 이런 생각이 고통스럽고 불편했지만 그녀의 유머 감각이 재빨리 되살아났고 그녀는 속으로 소리 없이 웃었다. 가슴을 찡하게 하는 넥타이를 매고, 한없이 수줍어하는 그 남자, 그들 방의 벽에 바짝 몸을 붙이고 눈앞에서 몸부림치는 그들을 음탕한 시선으로 뚫어져라 바라보는 그 남자를 상상했다. 섹스 장면이 끝나고 땀에 젖은 알몸으로 침대에서 일어나 테이블 위에 있던 그녀 핸드백을 집어 잔돈을 찾아 그의 손에 쥐여 주는 상상을 했다. 그녀는 터져 나오려는 웃음을 억지로 참았다.

28

장마르크는 은밀한 즐거움으로 갑자기 환한 표정을 짓는 샹탈을 바라보았다. 그런 그녀 모습을 바라보는 즐거움을 음미하는 것에 만족한 그는 그 이유에 대해 묻고 싶은 생각은 없었다. 샹탈은 자신의 희극적 상상에 몰입했고, 반면 장마르크는 자기가 세계와 맺고 있는 유일한 감정적 관계가 그녀라고 생각했다. 죄수들, 박해받는 자들, 굶주린 자들에 대한 설교를 들을 때 그들의 고통에 개인적으로 절실하게 감동받는 유일한 방법이 무엇인지 그는 안다. 샹탈이 그들 입장이 되었다고 상상하는 것이다. 내란 중 강간당한 여자들이 있다고? 그는 강간당한 샹탈의 모습을 떠올린다. 그를 무관심에서 해방할 수 있는 사람은 다른 누구도 아닌 바로 그녀다. 그가 동정심을 느낄 수 있는 것은 오로지 그녀라는 매개를 통해서일 뿐이다.

그는 이런 말을 하고 싶었지만 감상적으로 보일까 봐 부끄러웠다. 게다가 정반대되는 다른 생각이 불쑥 떠올랐다. 그런데 그를 인간과 맺어 주는 유일한 존재를 잃는다면? 그는 그녀의 죽음을 생각하는 것이 아니라 그보다 섬세한, 딱히 포착할 수 없는 어떤 것을 생각했고 바로 이 생각이 얼마 전부터 그를 따라다녔다. 어느 날 그가 더 이상 그녀를 알아보지 못하게 되는 것, 어느 날 샹탈은 그가 함께 살았던 샹탈이 아니라 그가 샹탈이라고 착각했던 해변의 그 여자라는 사실을 깨닫는 것, 어느 날 샹탈이 보여 주었던 확실성이 환상이라는 것이 밝혀지고 그녀 역시 모든 다른 사람들과 마찬가지로 무심하게 변하는 것.

그녀가 그의 팔을 잡았다. "무슨 일이야? 다시 우울한 표정이네. 며칠 전부터 당신이 우울하다는 것을 알았어. 무슨 일이야?"

"아무것도 아니야."

"아니야. 말해 봐. 요새 무엇 때문에 그렇게 우울한 거야?"

"당신이 당신 아닌 다른 사람이라는 상상을 했었어."

"뭐라고?"

"당신이 내가 상상하는 사람이 아닌 다른 어떤 사람이라는 생각을 했어. 당신의 정체성에 대해 내가 착각을 했다는 생각."

"무슨 소리인지 모르겠어."

그는 나란히 쌓여 있는 브래지어를 보았다. 쓸쓸한 브래지어 더미. 우스꽝스러운 더미. 그런데 이러한 환상 너머로 그의 앞에 마주 앉은 샹탈의 진짜 얼굴이 다시 떠올랐다. 그는 그녀의 손이 닿는 감촉을 느꼈고 눈앞에 낯선 사람, 혹은 배반자를 보고 있다는 느낌이 순식간에 지워졌다. 그는 미소를 지었다.

"잊어버려. 못 들은 걸로 해 둬."

29

　그들이 사랑을 나누는 방 안 벽에 기대 서서 그들의 알몸 위에 탐욕스러운 시선을 고정한 채 한 손을 내미는 모습. 레스토랑에서 식사를 하며 그녀는 이런 모습을 상상했다. 지금 그는 나무에 기대어 지나는 행인에게 어색하게 손을 내밀고 있다. 처음에는 못 본 척 지나치려 했지만 어정쩡한 상황을 단번에 해결하고 싶은 막연한 생각도 들어 의도적으로, 의식적으로 그의 앞에서 걸음을 멈췄다. 그는 눈을 내리깐 채 같은 말을 되풀이했다. "한 푼만 도와주세요."

　그녀는 그를 쳐다보았다. 그는 신경질적으로 청결했으며 넥타이를 맸고 회색 머리를 깔끔하게 뒤로 빗어 넘겼다. 미남인가, 추남인가? 그는 미추를 따질 처지에 있지 않았다. 그녀는 그에게 무슨 말인가 하고 싶었지만 어떤 말을 해야 할지 몰랐다. 당혹감에 말문이 막힌 그녀는 핸드백을 열어 잔돈을 찾았지만 상팀짜리 동전 몇 개밖에 없었다. 그는 끔찍한 손바닥을 그녀에게 내민 채 꼼짝도 하지 않고 우뚝 서 있었고 그의 부동성은 침묵의 무게를 한결 늘렸다. 이제 와서, 미안해요, 돈이 없네요라고 할 순 없어 그녀는 지폐를 주고 싶었지만 200프랑짜리밖에 없었다. 터무니없는 적선이라는 생각에 그녀의 얼굴이 붉어졌다. 그녀에게 연애 편지를 보내 달라고 그에게 고액을 치르고, 상상의 애인을 먹여 살린다는 느낌이 들었다. 차갑고 조그만 금속 대신 손바닥에 종이의 감촉을 느끼자 거지는 고개를 들었고 그녀는 놀라 휘둥그래진 그의 눈을 보았다. 그것은 분노에 찬 시선이었고 당황한 그녀는 재빨리 도망쳤다.

그의 손에 지폐를 쥐여 줄 때만 해도 그녀는 그녀의 숭배자에게 돈을 준다고 생각했다. 그녀가 그나마 냉철함을 되찾은 것은 그 남자로부터 도망치면서였다. 그의 눈에는 공모의 눈빛이 털끝만치도 없었다. 함께하는 모험에 대한 어떤 암묵적 암시도 없었다. 진지하고 총체적인 놀람뿐, 가난한 자의 겁에 질린 놀람. 순간 모든 것이 명백해졌다. 이 남자가 편지를 보낸 사람이라고 생각한 것은 부조리의 극치라고.

자기 자신에 대한 분노가 치밀어 올랐다. 왜 이런 하찮은 일에 그토록 관심을 쏟았을까? 상상 속에서일지라도 권태에 빠진 건달이 꾸민 연애에 쉽게 빠져들었던 이유가 무엇일까? 브래지어 밑에 숨겨 놓은 편지 뭉치에 생각이 미치자 갑자기 역겨움을 참을 수 없었다. 그녀는 어떤 비밀 장소에서 그녀의 마음속까지 알진 못하지만 일거수일투족을 관찰하는 사람이 있다는 상상을 했다. 그 사람은 자신이 관찰한 바에 따라 그녀를 남자에 굶주린 여자, 심한 경우라면 자기가 꿈꾸는 사랑에 관련된 자료를 성물처럼 간직하는 낭만적이고 멍청한 여자로 간주할 것이다.

눈에 보이지 않는 관찰자의 빈정거리는 시선을 더 이상 참지 못한 그녀는 집에 돌아가자마자 옷장 쪽으로 갔다. 그녀가 브래지어를 쌓아 둔 것을 보는데 뭔가가 그녀 눈길을 끌었다. 맞아, 어제 그녀는 이미 보았다. 숄이 그녀가 개어 놓은 것처럼 개어져 있지 않았다. 기분이 좋아서 그때는 곧 잊어버렸다. 하지만 이번에는 그녀 손길이 아닌 다른 손의 흔적을 지나쳐 버릴 수 없었다. 아, 너무 명백하다. 그가 편지를 읽은 것이다! 그가 그녀를 감시하다니! 그녀를 염탐하고 있었다니!

그녀는 분노에 가득 찼고 분노는 여러 목표를 향해 치밀었다. 양해도 구하지 않고 편지를 보내 그녀를 귀찮게 한 미지의 남자, 유치하게 그 편지를 숨기며 간직한 그녀 자신, 그녀를 염탐한 장마르크. 그녀는 편지 뭉치를 꺼내 화장실로 갔다.(벌써 몇 번째인가.) 갈기갈기 찢어 물에 떠내려 보내기 전에 미심쩍은 생각이 든 그녀는 마지막으로 편지를 보다가 편지 필체에서 수상한 점을 발견했다. 그녀는 주의 깊게 살펴보았다. 항상 같은 잉크로 쓰인 글자는 아주 크고 약간 왼쪽으로 기울었는데 그것을 쓴 사람은 같은 필체를 편지 내내 유지하지 못한 것처럼 보였다. 이 점이 너무 수상해서 그녀는 이번에도 편지를 찢지 않고 테이블에 앉아 다시 읽었다. 세탁소에 가던 그녀 모습을 묘사한 두 번째 편지에서 그녀의 눈길이 멈췄다. 그

때 어떤 일이 있었던가? 그녀는 장마르크와 함께 있었다. 가방을 든 것은 장마르크였다. 세탁소 안에서 여자 주인을 웃긴 것도 장마르크였다는 것이 또렷이 기억났다. 편지 발신인은 이 웃음에 대하여 언급했다. 그러나 그가 어떻게 그걸 들을 수 있었을까? 그는 거리에서 그녀를 보았다고 했다. 그러나 그녀가 눈치채지 못하게 그녀를 관찰할 수 있던 사람이 누구였던가? 뒤 바로는 없었다. 거지도 없었다. 유일한 사람은 세탁소에 그녀와 함께 있었던 사람. 그리고 장마르크에 대한 서툰 공격이라고 생각했던 "당신 삶에 인위적으로 덧붙은 그 무엇"이란 표현도 사실은 장마르크 자신의 애교스러운 나르시시즘인 것이다. 그렇다. 그는 나르시시즘을 통해 정체를 드러냈고 투정 섞인 나르시시즘은 다른 남자가 그녀 앞에 나타나자마자 나는 당신 삶에 덧붙은 쓸모없는 사물에 불과하다고 말하려는 듯했다. 그리고 레스토랑에서 그들의 식사가 끝날 무렵 들었던 이상한 표현이 떠올랐다. 그는 아마도 그녀의 정체성에 대해 착각을 했다고 말했다. 그녀가 어쩌면 그녀 아닌 다른 누구일 거라고! 그는 첫 번째 편지에서 "나는 스파이처럼 당신을 따라다닙니다."라고 썼다. 따라서 이 스파이, 그것은 바로 그 자신이다. 그는 그녀를 검사하고 그녀를 실험해서 그녀가 그가 그렇다고 믿는 여자가 아님을 스스로에게 증명하고자 했다. 그는 낯선 사람의 이름을 빌려 편지를 썼고 그녀 행동을 관찰하고 그녀 옷장, 그녀 브래지어까지 염탐했던 것이다!

하지만 왜 그런 짓을 했을까? 답은 오직 한 가지뿐. 그는 그녀를 함정에 빠뜨리려고 했던 것이다.

그러나 왜 함정에 빠뜨릴까?

그녀로부터 홀가분하게 벗어나기 위해. 사실 그가 더 어렸고 그녀는 늙었다. 호흡이 거칠어지는 것을 숨겨도 소용이 없었다. 그녀는 늙었고 그것은 한눈에 알 수 있다. 그는 그녀를 떠날 구실을 찾고 있었다. 당신은 늙고 나는 젊다라고는 차마 말하지 못할 것이다. 그러기에 그는 너무 예의 바르고 점잖다. 하지만 그녀가 그를 배신할 수도 있다는 확신이 선다면, 그의 오랜 친구 F를 그의 삶에서 배제할 때와 마찬가지로 쉽사리 냉정하게 그녀를 떠날 것이다. 이상하게도 경쾌한 이 냉정함이 항상 그녀를 두렵게 했다. 자신의 두려움이 선견지명이었음을 이제 그녀는 깨달았다.

30

그는 사랑의 사진첩 첫머리에 샹탈의 상기된 얼굴빛을 올려놓았다. 샴페인 잔, 토스트 접시, 테린과 햄이 차려진 테이블을 둘러싼 수많은 사람들 사이에서 그들은 처음으로 만났다. 그곳은 산속 호텔이었고 당시 그는 스키 강사였는데 운명의 장난으로, 매일 저녁 칵테일 파티로 모임을 끝내는 발표회 참가자 무리에 단 하루 저녁 초대되었다. 누군가 그를 그녀에게 소개했는데 지나치는 말로 빨리 소개하는 바람에 서로의 이름조차도 기억할 수 없었다. 여러 사람들 사이에 끼어 그들은 가까스로 몇 마디만 나눌 수 있었다. 다음 날 장마르크는 초대도 받지 않았는데 오로지 그녀를 다시 만나기 위해 나타났다. 그를 보자 그녀는 얼굴을 붉혔다. 그녀는 뺨뿐만 아니라 목, 가슴까지 붉혔고 다른 모든 사람들이 보기에도 그녀는 그 때문에, 그를 위해 멋지게 상기되었다. 그 붉어진 모습은 사랑의 고백이었고 그 모습이 모든 것을 결정했다. 삼십 분 후 그들은 어둡고 긴 복도로 두 사람만 빠져나올 수 있었다. 한마디도 하지 않고 그들은 정열적으로 키스했다.

그 후 수년 동안 그녀가 얼굴을 붉히는 것을 더 이상 보지 못했다는 사실을 통해 그는 그들의 먼 과거 속에서 값을 매길 수 없는 루비처럼 반짝이던 당시의 상기된 얼굴이 극히 예외적이었음을 확인할 수 있었다. 그러던 중 어느 날 남자들이 더 이상 그녀를 돌아보지 않는다고 그녀가 말했다. 그 말 자체에는 별다른 의미가 없었지만 그 뒤에 이어진 상기된 표정 때문에 그 말은 중요해졌다. 그는 그들 사랑의 언어였던 색채의 언어, 노화의 서글픔을 말하는 듯한 언어에 둔감할 수 없었다. 그래서 그는 낯선 사람의 가면을 쓰고 이렇게 썼던 것이다. "나는 당신을 스파이처럼 따라다닙니다. 당신은 아주 아름답습니다."

첫 번째 편지를 우편함에 넣을 때만 해도 다른 편지를 보낼 생각은 없었다. 아무런 계획도 없었고 어떤 미래도 겨냥하지 않았으며 그냥 그녀를 즐겁게 해 주고 남자들이 더 이상 그녀를 돌아보지 않는다고 의기소침해진 상태에서 그녀를 당장 벗어나게 해 주고 싶었다. 그녀의 반응이 어떠할지 미리 상상해 보려고 들지도 않았다. 굳이 상상을 했다면, 만약 그녀가 그에게 편지를 보여 주며 "이봐! 남자들이 나를 아직은 잊지 않았어!"라고 말하면 시치미 떼며 낯선 이의 찬사에 자기 찬사까지 덧붙이리라는 상상 정도였다. 그러나 그녀는 아무것도 보여 주지 않았다. 마침표가 없으니 연속극은 아직 끝나지 않았다. 이어지는 다음 날, 죽음에 대한 생각에 사로잡혀 절망에 빠진 그녀를 발견했고 그럼에도 아무튼 그는 연속극을 이어 나갔다.

두 번째 편지를 쓰면서 그는 생각했다. 나는 시라노가 된 거야, 시라노. 다른 사람의 가면을 쓰고 사랑하는 여인에게 자신의 연정을 고백한 남자. 이름의 무게에서 벗어나자 돌연 달변이 폭발했던 사람, 그래서 편지 맨 아래에 그는 C. D. B.라는 서명을 했던 것이다. 그것은 자신만을 위한 암호였다. 마치 자기가 지나갔던 길에 은밀한 표식을 남기듯. C. D. B. 시라노 드 베르주라크.

시라노, 그는 계속해서 그 역할을 했다. 그녀가 자신의 매력을 더 이상 믿지 못하는 것 같아 그는 그녀의 육체를 거론했다. 그는 그녀에게 자부심을 되찾아 주기 위해 얼굴, 코, 눈, 목, 다리 등 신체 각 부분을 하나하나 묘사하려고 노력했다. 그는 그녀가 전보다 더 즐겁게 옷을 입고 더 쾌활해진 것을 보고 행복했지만 동시에 자신의 성공에 분했다. 예전에는 그가 부탁을 해도 그녀는 빨간 진주 목걸이를 걸지 않았다. 그런데 다른 사람 말에는 복종하는 것이다.

시라노는 질투 없이 살 수 없다. 어느 날 그는 샹탈이 옷장에 몸을 숙이고 있던 순간 불쑥 방에 들어갔고 그녀가 당황하는 모습을 분명히 보았다. 그는 아무것도 못 본 척하며 눈동자를 닦는 눈꺼풀에 대한 이야기를 했다. 혼자 남은 다음 날이 돼서야 옷장을 열었고 브래지어 더미 아래에서 그가 쓴 편지 두 통을 발견했다.

깊은 생각에 잠겨 그는 왜 그녀가 편지를 보여 주지 않았는지 다시 한 번 자문해 보았다. 해답은 간단해 보였다. 한 남자가 한 여자에게 편지를 쓴다면 그것은 훗날 그녀에게 접근하여 유혹하기 위한 토대를 마련하는 것이다. 그리고 여자가 이 편지를 비밀로 간직한다면 그것은 오늘의 조심성이 내일의 모험을 보호해 주길 바라기 때문이다. 한 걸음 더 나아가 편지를 간직한다면 그것은 그녀가 이 미래의 모험을 사랑으로 이해하려는 준비가 되었다는 것을 뜻한다. 그는 오랫동안 열린 장 앞에 서 있었고 그 후 매번 우편함에 새 편지를 넣을 때마다 그것이 제자리, 브래지어 밑에 있는지 확인하러 갔다.

31

장마르크가 바람을 피웠다는 것을 샹탈이 안다면 그녀는 괴로울 테지만 굳이 말하자면 그녀가 전혀 예상치 못했던 바는 아닐 것이다. 그러나 그녀가 당한 염탐 행위, 경찰관이나 하는 실험 행위, 이런 것은 그녀가 아는 장마르크와는 전혀 어울리지 않았다. 그들이 만났을 때 그는 그녀의 과거에 대해 알려고도, 들으려고도 하지 않았다. 그녀는 재빨리 이러한 거부의 극단주의에 동조했다. 그녀는 그에게 어떤 비밀도 없었고 그가 듣기를 원치 않는 것에 대해서만 침묵했다. 그가 갑자기 그녀를 의심하고 감시하기 시작한 이유를 그녀는 찾을 수 없었다.

문득 그녀의 머릿속을 어지럽혔던 추기경의 빨간 외투에 대한 이야기가 떠올라 낯 뜨거워졌다. 누군가 그녀에게 심어 준 이미지에 그토록 민감했다니! 그의 눈에 얼마나 우스꽝스럽게 보였을까! 그는 그녀를 토끼처럼 우리 안에 가뒀다. 악의에 찬 그는 그녀의 반응을 즐기면서 관찰했다.

그런데 그녀가 착각한 것이라면? 발신자의 정체를 밝혔다고 믿으면서 이미 두 번이나 착각하지 않았던가?

그녀는 예전에 장마르크가 보낸 편지 몇 통을 찾아 C. D. B.의 편지와 비교했다. 장마르크의 필체는 약간 오른쪽으로 기울며 작은 편이지만 그 낯선 남자가 보낸 모든 편지의 필체는 크고 왼쪽으로 기울었다. 하지만 너무 확연한 차이가 바로 이것이 꾸민 필체임을 보여 주는 것이다. 자신의 필체를 감추려는 사람이라면 우선 필체가 기우는 방향과 크기를 바꿀 생각부터 할 것이다. 샹탈은 장마르크와 이름 모를 사람이 쓴 'F', 'A', 'O'자를 비교해 보았다. 크기가 다른데도 형태는 비슷한 것처럼 보였다. 하지만 계속해서 비교에 비교를 거듭하면서 그녀는 확신을 잃어 갔다. 그렇다, 그녀는 필적 감정사가 아니며 그 무엇도 확신할 수 없었다.

그녀는 장마르크의 편지 한 통과 C. D. B.라고 서명된 다른 편지 한 통을 골라 핸드백에 넣었다. 다른 편지들은 어떻게 할까? 숨길 만한 좀 더 좋은 장소를 찾아볼까? 그게 무슨 소용이람. 장마르크는 편지를 다 읽었고 그녀가 편지를 감춘 장소도 안다. 그녀가 감시당하고 있다는 느낌을 받았다는 사실을 그가 알면 안 된다. 그래서 그녀는 원래 있던 자리에 편지를 도로 넣어 두었다.

그녀는 필적 감정 사무소의 초인종을 눌렀다. 짙은 색 정장 차림의 젊은 남자가 그녀를 맞아 복도를 지나 사무실까지 안

내했다. 사무실 책상에는 와이셔츠를 입은 건장한 또 다른 남자가 앉아 있었다. 젊은 남자는 방 안 한구석에 기대 서 있었고 건장한 남자는 자리에서 일어나 그녀에게 악수를 청했다.

남자가 다시 앉았고 그녀도 맞은편 소파에 앉았다. 그녀는 장마르크와 C. D. B.의 편지를 책상 위에 놓았다. 그녀는 난처한 표정으로 그녀가 무엇을 알고 싶어 하는지 설명했고 남자는 아주 사무적인 어투로 대답했다. "부인께서 신분을 아는 남자의 심리 분석이라면 해 드릴 수 있죠. 그런데 위조된 필체의 심리 분석을 하기는 어렵습니다."

"심리 분석은 필요없어요. 이 편지를 쓴 남자의 심리는 나도 충분히 알아요. 그 사람이 내가 추정한 사람이라면요."

"제 생각에 부인께서 원하시는 건 이 편지를 쓴 사람이 필체를 바꾼 사람과 같은지, 그게 당신의 정부인지 남편인지 확실히 알고 싶다는 거겠죠. 그 사람의 정체를 밝히고 싶은 거죠."

"딱히 그것만은 아니에요." 그녀는 불편한 표정으로 이야기했다.

"꼭 그런 건 아니겠지만 거의 그렇다는 뜻이겠죠. 저는 단지 필적 감정을 하는 심리학자일 뿐, 사립 탐정도 아니고 경찰의 일을 돕지도 않습니다, 부인."

조그만 방 안에 정적이 감돌았고 아무도 그녀에게 동정심을 느끼지 않았기 때문에 두 남자 중 누구도 그 정적을 깨려 들지 않았다.

육체의 내면에서 뜨거운 파도, 강렬하고 거칠고 팽팽한 파도가 이는 것을 느낀 그녀는 얼굴을 붉혔고 그녀 몸 전체가 빨갖게 변했다. 다시 한 번 추기경의 빨간 외투에 대한 단어들이 그녀 머리를 스쳤는데 사실 지금 그녀의 몸은 불꽃으로 짠 화려한 외투로 덮여 있었기 때문이다.

"잘못 찾아오셨습니다. 여기는 고발 사무소가 아닙니다."

'고발'이라는 단어를 듣자 그녀의 불꽃 외투는 수치의 외투로 변했다. 그녀는 편지를 집으려고 자리에서 일어났다. 그런데 편지를 들기 전에 문간에서 그녀를 맞이했던 젊은 남자가 책상 건너편으로 다가왔다. 건장한 남자 가까이에 선 그는 두 필체를 주의 깊게 바라보더니 "영락없이 같은 사람이군."이라고 했다. 그러더니 그녀에게 말했다. "이 't' 자를 봐요. 이 'g' 자도 보세요."

그 순간 그녀에게 이 젊은 남자의 얼굴이 기억났다. 이 남자는 장마르크를 기다리며 앉아 있었던 노르망디 마을 카페 웨이터다. 그의 얼굴을 알아보자 뜨겁게 불타는 그녀 육체의 내부로부터 화들짝 놀란 자기 내면의 목소리가 들려왔다. 그럴 리 없어! 내가 미친 거야! 헛것을 본 거야! 이럴 수가!

젊은 남자는 고개를 들어 그녀를 빤히 쳐다보며 (마치 자기를 알아봐 달라고 그녀에게 얼굴을 보여 주듯) 부드러우면서도 경멸 어린 미소를 지었다. "맞아! 똑같은 필체야. 글자를 크게 키우고 왼쪽으로 기울였을 뿐이지."

그녀는 아무 말도 듣고 싶지 않았다. '고발'이라는 단어가 다른 모든 단어를 밀어내 버렸던 것이다. 그녀는 자신이 불륜의 침대에서 발견한 머리카락 한 가닥을 증거로 들고 와 남편을 경찰에 고발하는 여자처럼 느껴졌다. 마침내 그녀는 편지를 되찾아 아무 말 없이 나가려고 획 돌아섰다. 다시 그 젊은 남자도 자리를 바꿨다. 그는 문 옆에 서서 그녀에게 문을 열어 주었다. 그는 그녀로부터 여섯 걸음 떨어져 있었는데 이 짧은 거리가 무한히 멀게 느껴졌다. 그녀는 빨갰고, 불타고 있었으며, 허우적거리고 있었다. 그녀 앞의 남자는 거만하게 젊었고 그녀의 불쌍한 육체를 거만하게 바라보았다. 그녀의 불쌍한 육체를! 젊은 남자의 시선을 받으니 자신의 육체가 그 시선 아래 환한 세상에서 빠른 속도로 늙어 가는 것처럼 느껴졌다.

노르망디 바닷가 카페에서 겪었던 일이 되풀이되는 것 같았다. 그는 비열한 미소를 지으며 문 쪽으로 가는 그녀 길을 가로막았고 그녀는 밖으로 나가지 못할까 봐 두려움에 떨었었다. 그녀는 이 작자가 같은 짓을 할 것으로 예상했는데 그는 사무실 문 옆으로 공손하게 비켜 서서 그녀에게 문을 열어 주었다. 그녀는 늙은 여인처럼 휘청거리며 출구 쪽으로 난 복도를 걸어갔고(축축해진 그녀 등에 그의 시선이 꽂히는 것을 느꼈다.) 층계참에 이르자 매우 위험한 상황에서 빠져나온 것처럼 느껴졌다.

32

그들이 아무 말 없이 함께 길을 걷던 어느 날, 주위에는 낯선 행인들만 눈에 띄었는데 그녀가 갑자기 얼굴을 붉힌 이유가 무엇일까? 이해할 수 없는 일이었다. 당황한 그도 자신의 반응을 억제할 수 없었다. "얼굴이 새빨개졌어! 왜 얼굴을 붉히는 거야?" 그녀는 아무런 대답도 하지 않았고 그는 자신이 모르는 무슨 일이 그녀 내면에서 벌어진 것을 보고는 무척 당황했다.

이 사건이 그의 사랑의 방명록에 있던 고귀한 색깔에 다시 불을 붙였는지 그는 그녀에게 추기경의 빨간 외투에 관해 편지를 썼다. 시라노 역을 하던 그는 그의 가장 위대한 과업을 성취했다. 그녀의 마음을 홀렸던 것이다. 그는 자신의 편지, 자신의 유혹에 자부심을 느꼈지만 동시에 그 어느 때보다도 강한 질투심을 느꼈다. 그는 유령 인물을 창조했고 본의 아니게 다른 남자의 유혹에 대한 그녀의 민감도를 측정하는 테스트를 그녀에게 치르게 했던 것이다.

그의 질투심은 고통스럽고 에로틱한 환상에 상상력이 불을 지폈던 젊은 시절 느꼈던 것과는 닮지 않았다. 이번에는 그보다 덜 고통스러웠지만 더 파괴적이었다. 질투심은 아주 서서히 사랑하는 여자를 사랑하는 여자의 환영으로 변형해 버렸다. 그리고 그에게 있어서 그녀는 더 이상 확실한 존재가 아니었기에 가치 없는 카오스인 이 세계에는 이제 더 이상 어떤 안정적 나침반도 없었다. 본질이 전이된 (혹 본질이 빠져나간) 샹탈을 마주하니 이상하고 울적한 무관심이 그를 사로잡았다. 그녀에 대한 무관심이 아니라 모든 것에 대한 무관심. 그녀가 환영이라면 장마르크의 모든 삶이 환영일 터.

결국 그의 사랑이 질투심과 의심을 설득하기에 이르렀다. 열린 옷장에 몸을 숙이고 브래지어를 뚫어져라 바라보다가 갑자기, 어떻게 그럴 수 있을까 깨달을 겨를도 없이 그는 가슴이 찡해 오는 것을 느꼈다. 태곳적부터 편지를 속옷 속에 감추는 여인들의 행동에 감격했고, 독특하고 유일한 여인인 샹탈을 무수한 그녀의 동족 부류에 합류하게 만든 그녀의 행동에 감격했다. 그는 그가 함께 나누지 않았던 시절에 그녀가 겪었던 은밀한 삶에 대해선 한 번도 알려고 든 적이 없었다. 왜 이제 와서 관심을 갖고 더구나 분개까지 해야만 할까?

게다가 은밀한 비밀이란 무엇인가 하고 그는 생각했다. 한 인간 존재의 가장 개인적이며 가장 독창적이며 가장 신비스러운 점이 바로 거기에 있지 않은가? 그녀의 은밀한 비밀이 샹탈을 그가 사랑하는 유일한 존재로 만들지 않았던가? 아니다. 가장 보편적이고 가장 반복적이며 누구에게나 있는 것이 비밀이다. 육체와 그 생리적 욕구, 그 병, 그 괴벽, 예컨대 변비나 월경 같은 것. 우리가 수줍어하며 우리 비밀을 감추려 한다면 그것은 그 비밀이 너무 개인적이기 때문이 아니라 오히려 정반대로 한심할 정도로 비개인적이기 때문이다. 샹탈이 여성에 속하고 다른 여자들과 닮았고 브래지어를 착용하고 더불어 브래지어의 심리를 지녔다고 어떻게 그녀를 원망할 수 있단 말인가? 자기 자신은 영원히 멍청한 남성적인 어떤 것에 속하지 않은 사람인 양! 그들 두 사람 눈꺼풀은 엉성하게 껌벅거리는 불량품 눈을 만들었고 배 속 악취 나는 공장을 설치한 수공업 공방에서 태어난 것을 어찌하랴! 그들 모두 불쌍한 영혼이 너무도 작은 자리를 차지한 육체를 지녔으니! 그들은 서로를 용서해야만 하지 않을까? 그들 서랍 깊숙한 곳에 감춰둔 조그만 악덕은 서로 못 본 척 눈감아 줘야 하지 않을까? 그는 커다란 동정심에 사로잡혔고 이 사건에 마지막 획을 긋기 위해 그녀에게 마지막 편지를 쓰기로 결심했다.

33

　백지를 들여다보며 그는 한때 시라노였던 자신이 (이번이 마지막이긴 하지만 아직도 시라노인 그가) 가능성의 나무라고 불렀던 것에 대해 다시 생각했다. 성년의 문턱에 도달해 어리둥절해진 인간에게 제시된 삶. 노래하는 꿀벌로 가득한 풍성한 나뭇가지. 그리고 그는 왜 그녀가 편지를 보여 주지 않았는지 이해할 것 같았다. 장마르크는 모든 가능성의 소멸을 상징하고 그녀 삶을 유일한 가능성으로 환원(행복한 환원일지라도)한 그 자체였기 때문에 그녀는 나뭇가지의 속삭임을 혼자, 그 없이 들으려고 했던 것이다. 그녀는 그에게 이 편지에 대해 털어놓을 수 없었다. 왜냐하면 그녀가 편지에 대해 솔직히 털어놓는다면 그것은 그녀 자신이 이 편지가 그녀에게 약속하는 가능성에 대해 별로 흥미가 없으며 그녀가 잃어버렸지만 그가 보여 준 나무마저도 일찌감치 포기한다는 사실을 그에게 (그녀 자신과 그에게) 당장 알리는 셈이었을 것이기 때문이다. 어떻게 그녀를 원망할 수 있을까? 따지고 보면 나뭇가지의 속삭이는 듯한 음악을 그녀에게 들려주고자 원했던 사람은 바로 장마르크였다. 그녀는 장마르크가 원하는 바에 따라 행동한 셈이다. 그녀는 그에게 복종했던 것이다.

편지지에 코를 박고 그는 중얼거렸다. 편지의 모험은 끝날지라도 이 속삭임의 여운은 샹탈의 가슴속에 남아 있어야만 한다. 그래서 그는 예기치 못한 일 때문에 떠날 수밖에 없다고 썼다. 그리고 그의 결정에 여운을 남겼다. 이것이 예기치 못한 떠남일까요. 제가 편지를 썼던 이유는 바로 이 편지가 열매를 맺지 못하리라는 것을 알았기 때문 아닐까요? 당신에게 편지로 허심탄회하게 말할 수 있었던 것은 내가 떠나리라는 확신 때문이 아니었을까요?

떠나는 것. 그래, 이게 그럴듯한 유일한 결말이야. 그런데 어디로 가지? 그는 생각에 잠겼다. 목적지에 대해 언급하지 말까? 그건 너무 낭만적인 신비일 것이다. 혹은 예의에 벗어날 정도로 얼버무리는 짓일 수도. 그의 존재는 그늘 속에 있어야만 한다. 따라서 그가 떠나는 이유를 제시할 수도 없는 노릇이다. 이유를 대면 발신자의 가공의 정체성, 예컨대 직업 같은 것을 드러낼 수도 있다. 하지만 어디로 가는지 말하는 게 더 자연스러울 것 같은데. 프랑스의 한 도시로 할까? 아니다. 그것은 서신 왕래를 끊을 만큼 충분한 이유가 될 수 없다. 멀리 떠나야만 한다. 뉴욕? 멕시코? 일본? 이런 것들은 뭔가 수상쩍다. 가깝고 평범한 외국 도시로 꾸며야 한다. 런던! 그렇지.

런던이 너무 당연하고 자연스럽게 보여 그는 빙그레 웃었다. 내가 갈 수 있는 곳이라곤 런던밖에 없어. 곧이어 그는 생각했다. 그런데 왜 하필 런던이 그토록 당연하게 보일까? 예전에 샹탈에게 명함을 주었던 바람둥이 남자, 샹탈과 그가 자주 농담의 대상으로 삼았던 런던의 남자에 대한 기억이 떠올랐다. 영국 사람, 브리태니커 사람, 그래서 장마르크가 브리타니퀴스라는 별명을 주었던 남자. 딱 들어맞는다. 런던, 음탕한 꿈의 도시. 난교꾼, 유혹자, 색광, 변태, 음탕한 사람들 사이로 익명의 숭배자가 사라져 버리기에 적당한 곳이 바로 거기다. 바로 그곳에서 그는 영원히 사라질 것이다.

그는 다시 생각했다. 런던이란 단어를 자신의 서명 삼아, 샹탈과 그가 나눴던 대화가 언뜻 내비쳤던 조그만 흔적을 편지에 흘릴 것이다. 그는 조용히 자기 자신을 비웃었다. 이 게임이 그것을 요구하니 그는 익명으로, 정체성을 확인할 수 없는 사람으로 남고 싶었다. 그러나 그와 반대되는 욕구, 정당화될 수도 없고 정당화되지 못한 욕구, 비합리적이며 은밀하고 필경 멍청한 욕구가 그에게 완전한 익명으로 남지 말고 하나의 흔적을 남겨 어떤 미지의 관찰자라도 뛰어나게 명철하다면 그의 정체를 파악할 수 있도록 암호화된 서명을 어딘가에 남겨 두라고 충동질하고 있었다.

우편함에 편지를 넣으려고 계단을 내려가다가 그는 날카로운 비명 소리를 들었다. 아래로 내려가자 초인종 앞에 세 아이를 데리고 서 있는 한 여자가 보였다. 그는 맞은편 벽에 나란히 세워진 우편함 쪽으로 가면서 그들 곁을 지나갔다. 돌아오

는 길에 그는 그 여자가 그의 이름과 샹탈의 이름이 새겨진 초
인종을 누르는 것을 보았다.

"누굴 찾으세요?" 하고 그가 물었다. 여자는 그에게 그의 이
름을 말했다.

"전데요!"

그녀는 한 걸음 물러나 거만하게 그를 위아래로 훑어보았
다. "당신이군요! 만나서 반가워요! 나는 샹탈의 시누이예요!"

34

당황한 그는 그들에게 올라오라고 청할 수밖에 없었다. 그들이 아파트로 들어설 때 "폐를 끼치고 싶지는 않아요." 하고 시누이라는 여자가 말했다.

"폐라뇨. 샹탈도 곧 돌아올 겁니다."

시누이는 이야기를 하기 시작했다. 그녀는 가끔씩 아주 얌전하고 수줍고 거의 넋이 나간 듯한 아이들을 힐끗힐끗 바라보았다.

그녀는 "샹탈이 이 아이들을 보게 되어 기뻐요." 하고 말하며 아이들 중 하나의 머리를 쓰다듬었다. "샹탈은 이 아이들을 본 적도 없어요. 샹탈이 떠난 뒤에 태어났거든요. 아이들을 무척 좋아했지요. 우리 별장에는 아이들이 넘쳐흘러요. 오빠를 두고 이렇게 말하면 안 되겠지만 좋은 남편은 아니지요. 하지만 그도 이제 재혼을 해서 우리도 더 이상 만나지 않아요." 그녀는 웃으며 말했다. "사실 나는 샹탈의 남편보다 샹탈을 항상 더 좋아했지요!"

그녀는 다시 한 걸음 물러서서 도발적이면서도 감탄 섞인 눈길로 장마르크를 뜯어보았다. "마침내 남자 고르는 눈이 생겼네! 언제라도 우리 집에 오시면 두 분 모두 대환영이라는 것을 말하려고 온 거예요. 우리 집에 오셔서 샹탈을 만나게 해 주신다면 고맙겠어요. 언제라도 오시면 문을 활짝 열어 드리죠. 언제라도요."

"고맙습니다."

"키가 크시군요. 아, 나도 키 큰 남자가 좋아요. 오빠는 샹탈보다 작았거든요. 항상 샹탈이 그의 엄마 같은 느낌이 늘었어요. 샹탈은 오빠를 '내 작은 생쥐'라고 불렀는데, 생각 좀 해 보세요. 여자 같은 별명을 붙였잖아요! 샹탈이 오빠를 품에 안고 내 귀여운 생쥐, 내 작은 생쥐라고 속삭이며 흔들어 주는 꼴을 상상하곤 했지요!" 그녀는 웃음을 터뜨렸다.

그녀는 아기를 안듯 팔을 내뻗고 춤을 추며 몇 발짝 내디디고는 "내 작은 생쥐, 내 작은 생쥐!"라고 되풀이했다. 그녀는 장마르크에게 웃음을 강요하며 잠깐 동안 그녀의 춤을 계속했다. 장마르크는 맞장구를 치기 위해 억지 웃음을 지어 보이고, 한 남자를 '내 생쥐'라고 부르며 마주 보고 있는 샹탈을 상상했다. 시누이는 쉴 새 없이 떠들었고 그는 소름 돋는 이 이미지를 떨쳐 버릴 수 없었다. (그녀보다 작은) 한 남자를 '내 작은 생쥐'라고 부르는 샹탈의 이미지.

옆방에서 시끄러운 소리가 들렸다. 장마르크는 아이들이

그들과 함께 있지 않다는 사실을 깨달았다. 침략자들의 교활한 전략이 바로 이것이다. 한눈파는 틈을 타 그들은 샹탈의 방에 성공적으로 잠입한 것이다. 우선 비밀 요원처럼 조용히 숨을 죽이고, 슬그머니 문을 닫고는 돌연 당당한 돌격조로.

장마르크는 불안했지만 시누이는 장담했다. 아무것도 아니에요. 아이들인데요, 뭐. 놀고 있는 겁니다.

"그렇지요. 놀고 있는 줄은 잘 압니다."라며 장마르크는 소란스러운 방 쪽으로 향했다. 시누이가 그보다 더 빨랐다. 그녀가 문을 열었다. 아이들은 회전의자를 회전목마로 바꾸어 버렸다. 한 아이가 의자 위에 배를 깔고 길게 엎드려 빙빙 돌았고 나머지 두 아이는 비명을 지르며 그를 구경하고 있었다.

"놀고 있다고 했잖아요." 시누이는 문을 닫으며 말했다. 한쪽 눈을 찡긋해 보이며 공범자 같은 눈길을 보냈다. "아이들인데 어쩌겠어요? 샹탈이 없어서 아쉽네요. 얼마나 아이들을 보여 주고 싶었는데."

옆방의 소음으로 천지가 진동했지만 장마르크는 아이들을 달래고 싶은 생각이 조금도 들지 않았다. 장마르크 눈앞에는 소란스러운 가족들 틈에 끼어 '내 생쥐'라고 불리는 작은 남자를 품에 안고 흔드는 샹탈의 모습이 어른거렸다. 이러한 이미지에 다른 이미지가 이어졌다. 불륜의 약속을 떡잎부터 잘라 버리지 않고 이름 모를 숭배자의 편지를 곱게 간직하는 샹탈의 모습. 이런 샹탈은 그녀답지 않았다. 이런 샹탈은 그가 사랑하는 샹탈이 아니다. 이런 샹탈은 하나의 환상이다. 이상한 파괴 욕망이 치밀어 아이들이 내는 소란한 소리에 즐거워졌다. 그들이 방을 허물어뜨리고, 그가 사랑했던 이 작은 세계, 환상으로 변해 버린 이 작은 세계를 허물어뜨리기를 바랐다. 그 와중에도 시누이는 말을 계속했다.

"오빠는 샹탈에 비해 너무 왜소했지요. 무슨 말인지 이해하시겠지요. 왜소하다는 말……." 하고 그녀가 웃었다. "……모든 의미에서 그렇다는 거죠. 무슨 뜻인지 알겠죠!" 그녀는 다시 웃었다. "말이 나온 김에 충고 하나 해 드려도 될까요?"

"그러시죠."

"아주 은밀한 충고 하나!"

그녀는 입을 가까이 대더니 뭔가 이야기를 했지만 장마르크의 귀에 넣은 그녀의 입술은 무슨 말인지 이해할 수 없는 소음만 냈다.

그녀는 물러나면서 웃었다. "어떻게 생각하세요?"

그는 아무것도 이해하지 못했지만 따라 웃었다.

"아, 당신도 그게 재미있었군요!" 하고 시누이는 다시 한마디 덧붙였다. "이런 이야기는 얼마든지 해 드릴 수 있어요. 우리 사이에는 아무런 비밀도 없었거든요. 혹시 그녀와 함께 사는 데 문제가 있다면 말해 보세요. 좋은 충고를 해 드릴 수 있으니까요!" 그녀는 웃었다. "그녀를 어떻게 길들여야 되는지 나는 알지요!"

그러자 장마르크는 생각에 잠겼다. 샹탈은 시누이의 가족을 항상 적대적으로 이야기했다. 그런데 어떻게 시누이는 그녀에 대해 이토록 노골적인 공감을 표시할 수 있을까? 샹탈이 그들을 혐오했다는 것이 정확히 무슨 의미였을까? 어떻게 혐오하면서 동시에 혐오하는 것에 그토록 쉽게 적응할 수 있을까?

옆방에서는 아이들이 난장판을 벌였고 시누이는 그들 쪽을 가리키며 빙그레 웃었다. "당신도 그런 것에 개의치 않는군요! 저하고 똑같네요. 저는 잘 정돈된 여자는 아니에요, 뭔가 움직이고 뭔가 돌아가는 것을 좋아하고 북적거리는 것을 좋아하지요. 한마디로 인생을 좋아한다는 거죠!"

아이들의 비명 소리를 들으며 그는 생각을 계속했다. 그녀가 혐오하는 것에 그토록 쉽게 적응하는 것이 과연 칭찬할 만한 일일까? 두 얼굴을 갖는 것, 그것이 정말 승리일까? 그는 그녀가 광고업계 사람들 사이에서 어떤 이단자, 스파이, 위장한 적, 잠재적 테러리스트라는 점을 좋아했다. 그러나 그녀는 테러리스트가 아니라 굳이 정치적 용어를 빌리자면 부역자다. 혐오하는 권력에 자신을 동화하지는 않으면서 권력을 이용하고 권력으로부터 떨어져 있으면서도 그것을 위해 일하고 어느 날 재판관 앞에서 자신을 변호하기 위해 자기에겐 두 얼굴이 있다고 핑계를 댈 부역자.

35

놀란 샹탈은 거의 일 분 동안 문지방에 우뚝 서 있었다. 장마르크와 시누이는 그녀가 들어온 줄 몰랐다. 그녀는 아주 오랫동안 듣지 못했던 갈라지는 듯한 목소리를 들었다. "저하고 똑같네요. 저는 잘 정돈된 여자는 아니에요, 뭔가 움직이고 뭔가 돌아가는 것을 좋아하고 북적거리는 것을 좋아하지요. 한마디로 인생을 좋아한다는 거죠!"

마침내 시누이의 시선이 그녀에게 옮겨졌다. "샹탈, 놀랐지, 그치?" 하며 달려가 시누이는 그녀에게 키스를 했다. 샹탈은 벌어진 입술 사이에서 시누이의 축축한 입을 느꼈다.

샹탈의 출현으로 어색해진 분위기가 꼬마의 돌연한 등장으로 금세 끊어졌다. "이 아이는 코린이야."라고 시누이는 샹탈에게 말했다. 그리고 아이에게 말했다. "고모한테 인사해라." 그러나 아이는 샹탈은 거들떠보지도 않고 오줌이 마렵다고 했다. 시누이는 마치 이 아파트를 잘 아는 듯 서슴지 않고 코린을 데리고 복도 쪽으로 가 화장실 안으로 사라졌다.

"맙소사." 샹탈은 시누이가 없는 틈을 타 중얼거렸다. "저 사람들이 우리가 사는 곳을 어떻게 알았을까?"

장마르크는 어깨를 으쓱했다. 시누이가 복도 문과 화장실 문을 활짝 열어 놓았기 때문에 그들은 별다른 대화를 나눌 수 없었다. 그들 가족에 대한 이런저런 안부를 전하고 가끔 오줌 누는 여자아이에게 한 마디씩 툭 던지는 시누이의 목소리에 뒤섞여 변기 물 속으로 떨어지는 오줌 소리가 들려왔다.

샹탈은 기억이 났다. 별장에서 휴가를 보내던 어느 날 그녀는 화장실 안에 있었다. 갑자기 누군가 문고리를 당겼다. 화장실 문을 사이에 두고 대화하는 것을 싫어했던 그녀는 대응하지 않았다. 집 안 저쪽 끝에서 누군가 안절부절못하던 사람에게 소리를 쳤다. "안에 샹탈이 있어!" 그 말을 듣고서도 참을성 없는 그 사람은 샹탈의 침묵에 항의라도 하듯 몇 차례 문고리를 흔들었다.

오줌 소리에 뒤이어 물 내리는 소리가 났고 샹탈은 여전히 어느 방향에서 나는지 알 수 없는 모든 소리가 사방으로 퍼지는 커다란 콘크리트 별장을 생각했다. 그녀는 시누이가 성교 중에 내는 신음 소리를 듣는 데에 익숙했다. (그들의 불필요한 음향 효과는 필경 성적이라기보다 윤리적 도발이고자 했을 것이다. 모든 비밀을 거부한다는 시위.) 어느 날 다시 교성은 그녀에게까지 들려왔고 한참 후에야 그녀는 그 소리가 천식에 걸린 할머니가, 소리가 잘 퍼지는 집 안 저쪽 끝에서 신음하며 숨을 내쉬는 소리라는 것을 깨달았다.

　시누이가 거실로 돌아왔다. 그녀가 코린에게 "가서 놀아."라고 했고 아이는 옆방으로 뛰어가 다른 아이들에게 돌아갔다. 그러곤 그녀는 장마르크에게 말했다. "오빠를 떠났다고 샹탈을 원망하진 않아요. 더 일찍 떠나는 게 나았을지도 몰라요. 하지만 우리를 잊어버린 것에 대해서는 원망스럽네요." 그리고 샹탈을 돌아보며 말했다. "샹탈, 뭐라 해도 우리가 네 인생의 큰 부분을 차지했잖아. 우리를 부정하거나 지워 버릴 순 없고 네 과거를 바꿀 수도 없는 거야! 지난날은 변치 않아. 우리와 함께 살며 네가 행복했다는 사실을 부정할 수는 없을 거야. 나는 너의 새 남자 친구에게 너희 둘이 우리 집에 온다면 언제나 대환영이라고 말해 주러 왔어!"

　샹탈은 시누이의 말을 듣고 이혼 후에 그들과 연락을 주고받지 않은 것에 대해 그녀가 당연히 (거의 당연히) 화를 낼 수도 있다고 생각했다. 하지만 샹탈은 그들 가족과 자신이 다르다는 점을 내비치지 않은 채 너무 오랫동안 그들과 살았다는 생각을 했다. 수년간의 결혼 생활 동안 왜 그녀는 그토록 착하고 고분고분했을까? 당시 그녀의 태도에 어떤 이름을 붙일 수 있을지 그녀 자신도 몰랐다. 순종? 위선? 무관심? 절도?

　아들이 살아 있을 때에는 끊임없는 감시 아래 살아야 하는 공동체 생활, 공동체적 비위생, 수영장에서는 거의 의무에 가까운 노출, 화장실에 들어가면 그녀보다 먼저 사용했던 사람의 흔적, 미세하지만 당혹스러운 흔적까지도 알게 되는 악의 없는 군집 생활도 기꺼이 감수했다. 그런 것을 좋아했을까?

아니다. 그녀는 구역질을 느꼈다. 하지만 그것은 부드럽고 조용하고 비전투적이고 체념적이며 거의 평화스럽다고 할 수 있는, 조금은 조롱기도 있었지만 결코 반항하지 않는 혐오감이었다. 아기가 죽지 않았다면 마지막 날까지 그녀는 그런 식으로 살았을 것이다.

상탈의 방에서는 소란이 점점 증폭되었다. 시누이는 "조용히 해!" 하고 소리 질렀지만 화를 낸다기보단 즐거워하는 듯한 그녀의 목소리는 떠드는 소리를 제압하기보다는 오히려 자기도 소란에 한몫 끼기를 원하는 것처럼 들렸다.

상탈은 참다못해 자기 방으로 들어갔다. 아이들은 소파 위에 기어 올라갔지만 상탈의 눈에는 보이지 않았다. 상탈은 얼어붙은 채 옷장을 바라보았다. 옷장 문이 활짝 열려 있었다. 그 앞 바닥에 그녀의 브래지어와 팬티가 흩어져 있었고 그 속에 편지가 있었다. 그런 뒤에야 제일 큰 아이가 그녀 브래지어의 컵 부분이 코사크 족 철모처럼 솟아오르도록 머리에 뒤집어쓴 모습이 눈에 들어왔다.

"저것 좀 봐요!" 시누이는 장마르크의 어깨를 다정하게 감싸며 웃었다. "저것 좀 봐요! 가장 무도회예요!"

상탈은 바닥에 굴러다니는 편지를 보았다. 화가 머리끝까지 치밀었다. 붉게 타오른 몸 때문에 속내를 들켜 버려 모욕을 당하고 그래서 차마 얼굴을 들지 못하고 필적 감정 사무소를 나온 지 채 한 시간도 지나지 않았다. 이제 그녀는 죄의식을 느끼는 게 지겨웠다. 이 편지는 더 이상 그녀가 수치심을 느껴야 하는 우스꽝스러운 비밀이 아니었다. 그것은 이제 장마르크의 거짓됨, 그의 뻔뻔스러움, 그의 배반을 상징했다.

시누이는 샹탈의 냉랭한 반응을 눈치챘다. 여전히 떠들고 웃으면서도 그녀는 아이 쪽으로 몸을 숙여 브래지어를 푼 뒤 주저앉아 속옷을 주섬주섬 모았다.

"아니에요, 아니에요. 그냥 두세요." 샹탈은 단호하게 말했다.

"알았어, 알았어. 정리해 주려고 한 거야."

"알아요." 하고 샹탈은 다시 장마르크에게 돌아가 그의 어깨에 기댄 시누이를 보며 말했다. 그들은 잘 어울리는 한 쌍의 완벽한 부부, 감시 부부, 스파이 부부처럼 느껴졌다. 아니다, 옷장 문을 닫고 싶은 생각은 추호도 없었다. 그녀는 약탈의 증거처럼 옷장 문을 열어 둔 채 내버려두었다. 그녀는 생각했다. 이 아파트는 내 것이며 나는 이곳에 홀로 있고 싶은 무한한 욕망을 느낀다. 멋지게 여왕처럼 혼자 있고 싶은 욕망. 그리고 그녀는 이 욕망을 소리 높여 말했다. "이 아파트는 내 것이고 누구에게도 내 옷장을 열어 나의 소지품을 뒤질 권리가 없어. 누구도. 내 말은 누구에게도 없다는 거야. 그 어떤 사람도."

이 마지막 단어는 시누이보다는 장마르크를 겨냥한 것이었다. 제삼자에게 아무것도 내보이기가 싫어. 그녀는 곧 시누이에게만 말했다. 제발 가 줘요.

"아무도 네 소지품을 뒤지지 않았어." 수세에 몰린 시누이가 말했다.

샹탈은 바닥에 흩어진 속옷과 편지와 더불어 열린 옷장을 고개로 가리키며 대답을 대신했다.

"맙소사, 아이들이 논 것 갖고 뭘 그래!" 시누이와 아이들은 그들의 외교적 감각으로 공기 중에 떠도는 분노를 감지한 듯 입을 다물었다.

"제발." 샹탈이 되풀이했고 그녀에게 문 쪽을 가리켰다. 아이 중 하나는 식탁 접시에서 집어든 사과 하나를 들고 있었다.

"원래 있던 자리에 갖다 놔." 샹탈이 그에게 말했다.

"저럴 수가!" 시누이가 외쳤다.

"사과를 제자리에 갖다 놔. 누가 줬어?"

"아이에게서 사과를 빼앗다니, 저럴 수가!"

아이가 접시에 사과를 도로 가져다 놓자 시누이는 그 아이의 손을 잡아끌었고 나머지 두 아이도 그들을 따라 밖으로 나가 버렸다.

36

다시 장마르크와 단둘이 남은 그녀는 장마르크와 방금 떠난 자들 사이에서 어떤 차이점도 찾아볼 수 없었다.

"내가 예전에 이 아파트를 산 것은 자유롭고, 염탐당하지 않고, 내 물건을 내가 원하는 곳에 두고, 내가 두었던 그 자리에 확실히 있게 하기 위해서라는 걸 거의 잊고 있었네."

"내 자리는 당신 곁이 아니라 그 거지 곁이라고 몇 번이나 말했지. 나는 이 세계의 변두리에 있는 거야. 당신은 중심에 있었고."

"당신은 아무런 대가도 치르지 않고 그 사치스러운 변경에 떡하니 자리 잡았지."

"나는 나의 사치스러운 변경을 언제라도 떠날 각오야. 하지만 당신, 당신은 수많은 가면을 뒤집어쓰고 정착한 이 순응주의의 성채를 결코 포기하지 않겠지."

37

바로 일 분 전만 해도 장마르크는 전후 사정을 설명하고 자신의 연극을 고백하고 싶었지만 네 차례의 대화는 모든 의사소통을 불가능하게 만들었다. 이 아파트는 그의 것이 아니라 그녀 것인 게 사실이므로 더 이상 아무런 할 말이 없었다. 아무런 대가도 치르지 않고 호화로운 변경에 터를 잡았다는 그녀 말도 사실이다. 그는 그녀가 벌어들이는 액수의 오 분의 일만 벌었고 두 사람의 모든 관계는 이러한 불평등을 결코 입에 올리지 않겠다는 묵시적 합의 위에 세워진 것이었다.

두 사람은 테이블을 사이에 두고 마주 보고 서 있었다. 그녀는 핸드백에서 봉투를 하나 꺼내 겉봉을 찢어 편지를 펼쳤다. 그것은 한 시간 전에 그가 그녀에게 썼던 편지였다. 그녀는 전혀 자신을 숨기지 않았고 심지어 여봐란듯이 과시까지 한 것이다. 눈 하나 깜박거리지 않고 그에게 비밀로 간직해야만 했던 편지를 그녀는 그의 면전에서 읽었다. 그러곤 편지를 다시 핸드백에 넣고 장마르크에게 거의 무관심에 가까운 짧은 시선을 던진 후 아무 말 없이 자기 방으로 가 버렸다.

그는 그녀가 했던 말에 대해 다시 생각했다. "누구도 내 옷장을 열어 나의 소지품을 뒤질 권리가 없어." 그녀가 눈치를 챈 것이다, 어떻게 알았는지는 모르지만 그가 이 편지와 편지를 숨긴 장소를 알고 있다는 사실을 그녀가 안 것이다. 그녀는 그 사실을 알고 또한 그것에 전혀 개의치 않는다는 것을 과시한 것이다. 그녀는 장마르크를 개의치 않고 자기가 원하는 대로 살겠다는 점을 과시한 것이다. 또한 앞으로는 그의 면전에서 연애 편지를 얼마든지 읽겠다고. 이러한 무관심을 통해 그녀는 장마르크가 없는 상황에 앞질러 가 있었던 것이다. 그녀에게 있어서 그는 더 이상 그곳에 없었다. 그녀는 이미 그를 퇴거시킨 것이다.

그녀는 오랫동안 자기 방에 있었다. 그는 침입자가 남겨 놓은 아수라장을 정돈하는 진공청소기의 분노에 찬 목소리를 들었다. 그리고 그녀는 부엌으로 갔다. 십 분 후 그를 불렀다. 두 사람은 차갑게 식은 식사를 하기 위해 식탁에 앉았다. 함께 산 이후 처음으로 그들은 한마디도 하지 않았다. 아, 그들은 맛도 느끼지 못하는 음식을 얼마나 빠른 속도로 씹었던가! 그녀는 다시 자기 방으로 돌아갔다. 무엇을 해야 할지 몰라(아무것도 하지 않을 수도 없어서) 잠옷을 입고 평소에 함께 눕던 커다란 침대 위에 누웠다. 하지만 그날 밤 그녀는 자기 방에서 나오지 않았다. 시간은 흘렀고 그는 잠을 잘 수가 없었다. 마침내 그는 침대에서 일어나 방문에 귀를 대었다. 고른 호흡 소리가 들려왔다. 이 편안한 잠, 그녀가 너무도 쉽게 잠들었다는 사실이 그를 괴롭혔다. 그는 이렇게 귀를 문에 대고 오랫동안 서 있었고 그녀는 그가 생각했던 것보다 훨씬 더 강하다고 느꼈다. 아마도 그녀가 가장 약하고 자기가 가장 강하다고 생각했던 것은 착각이라고. 사실 누가 더 강한가? 두 사람 모두 사랑의 영토 위에 있을 때 강한 사람은 사실 그일지도 모른다. 그러나 일단 사랑의 영토가 그들 발밑에서 사라진다면 강한 자는 그녀고 약한 자는 그다.

38

　좁은 침대에 누운 그녀는 그가 생각했던 것처럼 편히 자지 못했다. 불쾌하고, 앞뒤가 맞지 않고, 부조리하고, 무의미하고, 고통스러울 정도로 에로틱한 꿈으로 수없이 토막 난 난잡한 잠이었다. 이런 꿈에서 깨어날 때마다 그녀는 거북했다. 정조, 순수, 순결함의 약속을 의심스럽게 만드는 뒤숭숭한 꿈들, 이것이 모든 여자의 비밀이라고 그녀는 생각한다. 우리 시대에는 별로 탐탁지 않게 여기는 인물들이지만 클레브 공주, 베르나르뎅 드 생피에르의 비르지니, 아빌라의 성녀 테레즈, 그리고 오늘날 전 세계를 누비며 땀 흘려 선행을 베푸는 테레사 수녀 같은 인물이 밤에는 차마 말하기도 창피한 어리석은 악의 시궁창 같은 꿈을 꾸고 낮에는 덕망 있는 처녀로 변하는 상상을 하면 샹탈은 기분이 좋았다. 그녀의 밤이 꼭 그랬다. 그녀는 항상 그녀에게 혐오감을 일으키는 낯선 남자들과

이상한 혼음 축제를 즐기는 꿈 때문에 몇 차례씩 잠에서 깨곤
했다.

더 이상 이런 깨끗하지 못한 쾌락에 다시 빠져들고 싶지 않
은 그녀는 이른 아침 옷을 입고 짧은 여행에 필요한 몇몇 액세
서리를 작은 트렁크에 넣었다. 막 준비를 끝내자 그녀의 눈앞
에 잠옷 차림으로 장마르크가 서 있는 것이 보였다.

"어디 가지?"

"런던."

"뭐? 런던이라고? 런던은 왜?"

그녀는 아주 침착하게 말했다. "왜 런던인지는 당신이 잘
알잖아."

장마르크는 얼굴을 붉혔다.

그녀는 거듭 말했다. "잘 알지, 그렇지?" 그리고 그녀는 그
의 얼굴을 보았다. 이번에는 얼굴을 붉힌 것이 그임을 보는 것
이 그녀에겐 얼마나 큰 승리인가!

그는 뺨을 빨갛게 붉히며 말했다. "아니, 나는 왜 런던인지
몰라."

그녀는 상기된 그의 얼굴을 지칠 줄 모르고 바라보았다.

"런던에서 학술회의가 열려. 어제저녁에 알았지. 당신에게
말할 기회도 없었고 말할 기분도 나지 않았다는 것을 이해할
거야."

그녀는 그가 그녀의 말을 도무지 믿지 못할 것임을 확신하
고 자신의 거짓말이 이토록 노골적이며 뻔뻔하고 대담하고
적대적이라 기뻤다.

“택시를 불렀어. 내려가야겠어. 곧 올 거야.”

그녀는 나중에 다시 보자거나 혹은 영원한 이별을 하자는 미소를 지었다. 그리고 마지막 순간 마치 본의는 아니지만 무심코 하는 행동인 양 장마르크의 뺨에 그녀의 오른손을 얹었다. 이 동작은 일이 초만 지속될 정도로 짧았고, 그러고 나서 그녀는 그에게 등을 돌리고 밖으로 나갔다.

39

그는 뺨 위에서 그녀 손의 감촉, 보다 정확히 말하자면 세 손가락 끝의 감촉을 느꼈고 그것은 마치 개구리가 스치고 지나간 듯한 차가운 흔적이었다. 그녀의 애무는 항상 느리고 침착해서 마치 시간을 지연시키려는 것처럼 느껴졌었다. 그의 뺨에 잠깐 얹혔던 이 세 손가락은 애무라기보단 기억의 소환이었다. 태풍과 파도에 등을 떠밀린 그녀가 '하지만 나는 이 자리에 있었어요! 이곳을 거쳐갔단 말이에요! 무슨 일이 있을지라도 나를 잊지 마세요!'라는 말 대신 할 수 있었던 유일한 몸짓이었다.

그는 아무 생각도 하지 못한 채 옷을 입으며 그들이 런던을 화제 삼아 이야기했던 것을 생각했다. 그는 "왜 하필 런던이야?"라고 물었고 그녀는 그에게 대답했다. "왜 런던인지는 당신이 잘 알잖아." 그것은 마지막 편지에서 알린 이별에 대한 명백한 암시였다. 이 "잘 알잖아."는 당신도 편지를 알잖아를 의미했다. 하지만 그녀가 방금 우편함에서 꺼낸 편지는 발신자와 그녀만이 그 존재를 안다. 달리 말해 샹탈은 불쌍한 시라노의 가면을 벗겼고 그에게 나를 런던으로 초대한 사람은 바로 당신이고 그래서 나는 당신 말에 따르는 거야라고 그에게 말하고자 했던 것이다.

하지만 그녀가 이 편지를 쓴 사람이 그라는 것을 짐작했다면 (하느님, 어떻게 짐작할 수 있었을까요?) 무슨 이유로 그녀는 그것을 그토록 적대적으로 받아들였을까? 왜 그렇게 잔인했을까? 그녀는 모든 것을 짐작해 놓고 왜 그 속임수의 이유는 짐작하지 못했을까? 그녀는 그의 어떤 면을 의심하는 걸까? 이런 모든 의문에 대해 그는 오직 하나의 확신만 가질 수 있었다. 그는 그녀를 이해하지 못한다. 하긴 아무것도 이해하지 못한 건 그녀도 마찬가지다. 그들의 생각은 전혀 반대되는 방향을 취했고 그 두 방향은 더 이상 만날 길이 없는 것처럼 보였다.

그가 느끼는 고통은 진정되기를 바라지 않고 오히려 상처를 덧나게 해서 모든 사람 앞에 억울한 자신의 처지를 내보이고 싶었다. 그녀와 오해를 풀기 위해 그녀가 돌아오길 기다릴 만한 인내심이 그에게는 없었다. 내심 그것이 사리분별에 맞는 유일한 행동임을 알고 있었지만 고통은 이성의 소리를 들으려 하지 않고 고통엔 이성적이지 않은 자신만의 이유가 있었다. 그의 비이성적 이성이 원하는 것은 샹탈이 돌아왔을 때 스파이 없는 곳에서 혼자 있고 싶다는 그녀의 선언 그대로 그녀에게 그가 없는 빈 아파트를 보게 하는 것이었다. 그는 그의 전 재산인 지폐 몇 장을 호주머니에 넣은 뒤 열쇠를 가져가야 할지 아닐지 잠시 망설였다. 결국 그는 열쇠를 입구 조그만 탁자 위에 놓았다. 그녀가 그것을 보면 그가 영영 돌아오지 않으리라는 것을 깨달을 것이다. 여기에는 옷장 안의 윗도리, 와이셔츠 몇 벌, 책장에 꽂힌 책 몇 권만이 추억거리로 남을 것이다.

그는 무엇을 할지 모른 채 밖으로 나갔다. 중요한 것은 더 이상 그의 집이 아닌 이 아파트를 떠나는 것이다. 어디로 갈지 결정하기 전에 떠나는 것. 거리에 나선 후에야 그것을 생각해 볼 것이다.

그러나 건물 아래로 내려가자 그는 현실 바깥에 서 있는 듯한 이상한 감정에 빠졌다. 그는 생각을 하기 위해 인도 중간에서 걸음을 멈춰야만 했다. 어디로 가야 할까? 그의 머릿속에서는 여러 가지 생각이 뒤죽박죽 뒤엉켰다. 그를 항상 기꺼이 맞아 주는 시골 가족의 일부가 사는 페리고르, 파리의 값싼 호텔. 그가 생각에 잠겨 있는 동안 택시 한 대가 신호 대기에 멈춰 섰다. 그는 손짓을 했다.

40

물론 거리에는 그녀를 기다리는 택시는 한 대도 없었고 샹
탈은 어디로 가야 할지 생각해 본 바도 전혀 없었다. 그녀의
결심은 그녀가 통제하지 못했던 충동 탓에 야기된 철저히 즉
흥적인 행동이었다. 그 순간 그녀는 오직 한 가지만을 원했다.
적어도 하룻낮과 하룻밤 동안 그를 보지 않는 것. 그녀는 이곳
파리의 호텔 방을 생각해 보았으나 이런 생각은 대번에 바보
짓처럼 보였다. 하루 종일 무엇을 할 것인가? 악취를 들이마
시며 거리를 산책할까? 방 안에 틀어박혀 있을까? 그 안에서
뭘 해? 그러고는 차를 잡아 타고 시골 아무 데나 가서 조용한
곳을 찾아 혼자 하루 이틀 보낸다는 생각을 했다. 그러나 어느
시골 말인가?

딱히 어찌할 바를 모른 채 그녀는 버스 정류장 근처에 섰
다. 처음으로 지나가는 버스에 올라타 종점까지 가고 싶었다.

버스 한 대가 섰고 그녀는 행선지 중에서 북역이 써 있는 것을 보고 깜짝 놀랐다. 런던행 기차가 떠나는 곳이 바로 거기였다. 그녀는 우연의 공모가 인도한다는 느낌을 받았고 마음 착한 요정이 그녀를 구하러 왔다고 스스로를 설득하고 싶었다. 런던. 그녀가 장마르크에게 런던으로 가겠다고 말한 것은 단지 그녀가 그의 가면을 벗겼음을 알리려 했던 것뿐이었다. 그때 한 생각이 떠올랐다. 어쩌면 장마르크는 런던행을 진담으로 받아들였을지 모른다. 어쩌면 그녀를 찾아 역에 갈지도 모른다. 그리고 이 생각의 꼬리를 물고 다른 생각, 아주 작은 새의 소리처럼 들릴락 말락 한 희미한 생각이 뒤를 이었다. 장마르크가 그리로 온다면 이 이상한 오해도 막을 내릴 것이다. 이 생각은 마치 애무 같았지만 금세 그에 대한 반발심이 솟구쳐 모든 향수를 밀쳐 버렸으니 너무 짧은 애무로 그쳤다.

그러나 어디로 가고 무엇을 할 것인가? 진짜 런던으로 가 버릴까? 자신의 거짓말이 실현되도록 해 볼까? 그녀의 수첩에 아직도 브리타니퀴스의 주소가 있다는 것이 떠올랐다. 브리타니퀴스. 몇 살쯤 되었을까? 그와의 만남이 세상에서 가장 실현되기 희박한 일이라는 것을 그녀는 안다. 그래서? 다행이다. 그녀는 런던에 도착해서 산책을 하다가 호텔 방을 잡고, 다음 날 파리로 돌아올 것이다.

그녀는 이 계획이 마음에 들지 않았다. 집을 나서면서 그녀는 독립을 되찾았다고 생각했는데 실은 통제할 수 없는 어떤 미지의 힘에 조종되고 있는 것이다. 런던으로 떠난다는 결정은 괴상한 우연이 그녀 귀에 속삭인 미친 짓이었다. 왜 이러한 우연의 공모가 그녀를 위해 작용한다고 생각했을까? 왜 그것을 착한 요정이라고 간주했을까? 이 요정이 불길한 요정이며 그녀의 파멸을 음모하고 있다면? 그녀는 자신에게 약속했다. 버스가 북역에 선다면 그녀는 움직이지 않을 것이다. 가던 길을 계속 갈 것이다.

그러나 버스가 멈추자 버스에서 내리는 자신의 모습에 그녀 스스로 놀랐다. 그리고 그녀는 빨려 들어가듯 역사로 향했다.

커다란 홀에서 그녀는 런던으로 가는 승객을 위한 대합실 쪽으로 이어지는 대리석 계단을 보았다. 그녀는 열차 시간표를 보았고 미처 시간표를 확인하기도 전에 웃음소리에 뒤섞인 그녀 이름을 들었다. 그녀는 걸음을 멈췄고 계단 아래에 모여 있는 직장 동료들을 발견했다. 그녀가 자신들을 발견했다는 것을 알자 그들의 웃음소리는 더욱 커졌다. 그들은 멋진 장난, 극적인 속임수에 성공한 어린 중학생 같았다.

"당신을 데리고 가려면 어떻게 해야 할지 우리는 잘 알지! 우리가 여기 있는 줄 알았다면 전에도 그랬듯이 당신은 변명거리를 꾸며 냈을 거야! 당신은 지독한 개인주의자야!" 그들은 다시 폭소를 터뜨렸다.

샹탈도 를르와가 런던에서 발표회를 계획했다는 것을 알고 있었지만 그것은 삼 주 후에나 있을 일이었다. 저들이 어떻게 오늘 여기에 모였을까? 그녀는 지금 벌어지고 있는 일이 사실이 아니고 사실일 수도 없다는 이상한 느낌이 다시 한 번 들었다. 그러나 이러한 놀람 뒤에 또 다른 놀람이 즉각 이어졌다. 그녀 자신이 짐작했던 것과는 정반대로 직장 동료들이 있어서 진심으로 행복했고 그녀에게 이런 뜻밖의 놀라움을 마련해 준 것이 고마웠다.

계단을 올라가며 젊은 여자 동료가 그녀의 팔짱을 끼었고 그녀는 장마르크가 한 일이라곤 당연히 그녀 몫이어야만 했던 삶의 모든 시간을 앗아간 것뿐이라고 생각했다. 그녀 귀에는 이런 말이 들려왔다. '당신은 중심에 있었어.' 또 이런 말도 들렸다. '당신은 순응주의의 성채에 안주한 거야.' 지금에서야 그녀는 그에게 대답한다. 맞아. 그리고 내가 여기에 계속 머무르는 것을 당신이 막지는 못할 거야!

여행자들의 틈에 섞여 그녀의 젊은 여자 동료는 여전히 팔짱을 긴 채 플랫폼으로 내려가는 또 다른 계단 앞에 있는 국경 세관 쪽으로 그녀를 데리고 갔다. 그녀는 술에 취한 사람처럼 장마르크와 침묵의 말다툼을 계속하면서 그에게 쏘아붙였다. 순응주의가 악이고 비-순응주의가 선이라고 어떤 심판관이 결정했어? 순응한다는 건 타인들에게 가까이 다가가는 게 아닐까? 순응주의, 이것은 모든 것이 수렴되고 삶이 더욱 밀집되고 더욱 치열한 커다란 만남이 이루어지는 장소는 아닐까?

계단 위에 오르자 현대적이고 우아한 런던행 열차가 보였고 그녀는 다시 생각했다. 이 땅에 태어난 것이 행운이건 불행이건 간에 여기서 삶을 보내는 가장 좋은 방법은 지금 이 순간 내가 그러듯 명랑하고 시끄러운, 앞서 가는 군중 속에 몸을 맡기는 것이다.

41

그는 택시에 앉아 "북역으로 갑시다!"라고 말했고 그것은
진실의 순간이었다. 그는 아파트를 떠나 센강에 열쇠를 던져
버리고 거리에서 노숙할 수도 있었지만 그녀를 떠날 수는 없
었다. 역으로 그녀를 찾아가는 것은 절망의 몸부림이었지만
런던행 열차는 그녀가 남긴 유일한 단서라서 그 열차가 옳은
길로 안내할 가능성이 아무리 희박하다 할지라도 장마르크는
그것을 무시해 버릴 처지가 아니었다.

그가 역에 도착했을 때 런던행 열차는 거기 있었다. 그는 허
겁지겁 계단을 올라가 열차표를 샀다. 여행객 대부분은 개찰
을 끝낸 뒤였다. 그는 경찰의 엄중한 감시를 받고 있던 플랫폼
에 가장 늦게 내려갔다. 열차를 따라 경찰관들이 폭발물을 발
견하도록 훈련된 셰퍼드를 끌고 다니고 있었다. 그는 목에 사
진기를 건 일본인들이 가득 찬 열차 칸으로 올라갔다. 그리고

자기 좌석을 찾아 앉았다.

그의 행동이 얼마나 부조리한지가 확연히 느껴진 것은 바로 그 순간이었다. 그는 그가 찾고 있는 여자가 있을 확률이 거의 없는 열차 안에 있는 것이다. 세 시간 후면 그는 자신이 왜 거기에 있는 줄도 모르는 채 런던에 있게 될 것이다. 그에게는 돌아올 차비만 겨우 남아 있었다. 당황한 그는 자리에서 일어나 막연하게나마 집으로 돌아갈 유혹을 느끼며 플랫폼으로 나왔다. 그런데 열쇠가 없으니 어떻게 들어갈까? 그는 열쇠를 입구 조그만 탁자 위에 두고 나왔다. 제정신으로 돌아온 그는 자신의 행동이 스스로에게 연출한 감상적 응석에 불과하다는 것을 깨달았다. 여자 수위가 복제된 열쇠를 가지고 있고 당연히 그 열쇠를 그에게 줄 것이다. 마음을 정하지 못한 채 머뭇거리다가 플랫폼 끝을 바라보니 모든 출구가 닫혀 있는 것이 눈에 들어왔다. 그는 직원을 불러 세워 여기서 어떻게 나갈 수 있느냐고 물었다. 직원은 이제 불가능하다고 설명하고 안전을 위해 일단 열차에 타면 나갈 수 없다고 했다. 모든 승객은 자기는 폭탄을 설치하지 않았음을 보여 주는 살아 있는 증거로서 열차 안에 남아 있어야만 했다. 회교 테러리스트도 있고 아일랜드 테러리스트도 있는데 그들은 해저 터널에서 대학살을 저지를 궁리만 한다는 것이다.

그는 다시 열차에 탔고 여자 검표원이 그에게 미소를 지었고 모든 직원이 웃고 있어서 그는 생각했다. 바로 저런 무수히 복제되고 강화된 미소로 저들은 우리를 죽음의 터널로 발사된 이 로켓으로 인도하는구나. 미국, 독일, 에스파냐, 한국에서 온 관광객, 이 권태의 전사들은 목숨을 걸고 그들의 대전투에 참전하기 위해 이 로켓에 타는구나. 그는 자리에 앉았고 열차가 출발하자마자 자리에서 일어나 샹탈을 찾아 나섰다.

그는 일등칸으로 들어갔다. 통로 쪽 줄에는 일인용, 다른 쪽에는 이인용 좌석이 있었다. 가운데 의자는 마주 보고 있어서 여행객들은 큰 소리로 떠들며 이야기를 나누고 있었다. 그들 속에 샹탈이 끼어 있었다. 그는 그녀의 등만 보았다. 유행에 뒤떨어지게 머리를 틀어올린 그녀의 무한히 감동적인, 거의 우습기까지한 모습을 알아볼 수 있었다. 창가에 앉은 그녀는 한창 고조된 대화에 참여하고 있었다. 저들은 그녀 회사의 동료일 수밖에 없다. 그러니까 그녀는 거짓말한 것이 아니지 않을까? 그렇다. 믿기지 않지만 거짓말을 한 것은 분명히 아니었다.

그는 꼼짝도 하지 않은 채 서 있었다. 여러 사람의 웃음소리가 들려왔고 그중에서 그는 샹탈의 웃음을 구별해 냈다. 그녀는 명랑했다. 그렇다, 그녀는 명랑했고 그것이 그를 괴롭혔다. 그는 그녀에게서 본 적 없는 생동감에 가득 찬 몸짓을 바라보았다. 그녀가 하는 말은 들리지 않았지만 위아래로 정열적으로 움직이는 그녀 손이 보였다. 이 손이 그녀 손이라고 생각할 수가 없었다. 그것은 다른 누군가의 손이었다. 샹탈이 그를 배신했다고 느껴지진 않았다. 그건 별개다. 그녀는 더 이상 그를 위해 존재하지 않으며 다른 곳으로, 다시 만난다 해도 그녀를 바라볼 수 없는 다른 생으로 가 버린 것처럼 느껴졌다.

<h1 style="text-align:center">42</h1>

샹탈은 호전적 어투로 말했다. "어떻게 트로츠키주의자가
신자가 될 수 있었을까요? 무슨 논리예요?"

"이 친구야, 마르크스의 말을 당신도 알겠지. '세계를 바꿔
라.'"

"물론이죠."

샹탈은 회사 동료 중 가장 나이 많고 손가락을 반지로 도배
한 우아한 부인과 마주 앉아 있었다. 부인 곁에 앉은 를르와가
말을 이었다. "그런데 우리 시대는 우리에게 엄청난 것을 일깨
워 주었지. 인간에게는 세상을 바꿀 능력이 없으며, 인간은 결
코 세상을 바꾸지도 않을 것이라는 거지. 이것이 혁명가로서
의 내 체험에 따라 내린 궁극적 결론이야. 더구나 모든 사람들
이 암묵적으로 수용한 결론이기도 하지. 하지만 이보다 훨씬
심오한 다른 결론도 있지. 신학적인 결론인데, 그에 따르면 인

간에게는 신이 창조한 것을 바꿀 권리가 없다는 거지. 이러한 금지 사항을 철저하게 밀고 나가야만 해.”

샹탈은 넋을 놓고 그를 바라보았다. 그는 강의를 하는 사람이 아니라 도발자처럼 이야기하고 있었다. 바로 그 점이 샹탈이 그를 좋아하는 이유였다. 혁명가나 전위주의자의 신성한 전통에 따라 그가 했던 모든 것을 도발적으로 바꿔 버리는 한 남자의 이 메마른 어투. 그는 가장 관습적인 진리를 말할 때조차도 ‘부르주아를 경악하게 하라.’라는 말을 결코 잊지 않는다. 하긴 가장 도발적인 진리조차도(‘부르주아를 교수대로!’) 권력에 도달하면 가장 관습적인 진리로 변하지 않는가? 언제라도 관습이 도발로, 도발이 관습으로 변할 수 있는 것이다. 중요한 것은 어떤 태도든 간에 이것을 끝까지 밀고 나가려는 의지다. 샹탈은 1968년 학생 혁명의 소란한 집회장에서 모든 상식의 저항을 필연적으로 패퇴시키는 선언을 지적이고 논리적이고 냉철하게 연설하는 를르와를 상상해 보았다. 부르주아지에게는 살 권리가 없다, 노동자 계급이 이해하지 못하는 예술은 사라져야 한다, 부르주아지의 이익에 봉사하는 학문은 가치가 없다, 이것을 가르치는 자들을 대학에서 내쫓아야만 한다, 자유의 적들에게는 자유가 없다. 그가 내뱉는 말이 부조리하면 할수록 그는 더욱 자신만만해져 갔다. 왜냐하면 오직 대단히 위대한 지성만이 미친 사상에 논리적 의미를 불어넣을 수 있기 때문이다.

샹탈은 대답했다. “나도 동의해요. 모든 변화는 백해무익하다고 생각해요. 이 경우, 변화로부터 이 세계를 보호하는 것이 우리 의무일 거예요. 불행히도 이 세계는 변화의 미친 질주를 멈출 줄 모르고……."

"……거기에서 인간은 단순한 도구에 불과하고……." 하며 를르와는 그녀의 말을 끊었다. "기관차의 발명은 비행기 설계도를 씨앗으로 품고 있었고 비행기는 필연적으로 우주선으로 이어졌지. 이러한 논리는 세상 자체에 포함되어 있는데 달리 말하면 그것이 신의 계획에 속한 셈이야. 당신은 한 인류를 다른 인류로 완전히 교체할 수도 있지만 자전거에서 우주선으로 이어지는 진화는 변함없을 거야. 이 진화에서 인간은 창조자가 아니라 집행자일 따름이지. 게다가 자기가 집행하는 것의 의미를 모르니 한심한 집행자일 테지. 이 의미는 우리에게 속하지 않고 오로지 신에게만 속하고 여기에 있는 우리는 신이 기분 내키는 대로 할 수 있도록 그의 뜻에 따를 뿐이지."

그녀는 눈을 감았다. '잡거성(雜居性)'이라는 달콤한 단어가 머리에 떠올라 그녀를 감쌌다. 그녀는 혼잣말로 조용히 "사상의 잡거성."이라고 중얼거렸다. 어떻게 이토록 모순적인 태도가 마치 한 이불 속 두 애인처럼 한 머릿속에서 꼬리를 물고 공존할 수 있을까? 예전에는 이런 생각이 들면 거의 분개를 했는데 지금은 기쁘기까지하다. 왜냐하면 그녀는 를르와가 과거에 했던 말과 오늘 설교하는 것과의 대립에 아무런 중요성도 없음을 알기 때문이다. 이유인즉 모든 사상은 나름대로 가치가 있기에. 모든 확언과 태도 표명은 같은 가치를 지니며 서로 비벼 대고, 겹치고, 애무하고, 한몸이 되고, 쓰다듬고, 만지작거리고, 교미할 수 있기 때문이다.

약간 떨리는 듯하고 부드러운 목소리가 샹탈 앞에서 튀어나왔다. "그렇다면 우리가 왜 여기에 있는 걸까요? 우리는 무엇을 위해 사는 걸까요?"

그것은 를르와 곁에 앉아 그를 존경해 마지않던 우아한 부인의 목소리였다. 샹탈은 를르와가 이제 낭만적 여자와 냉소적 여자, 두 여인에 둘러싸여 그중 한 여자를 골라야 한다고 상상했다. 그녀는 자신의 아름다운 믿음은 포기하기 싫은데 (샹탈의 환상에 따르자면) 악마적 영웅이 그것을 깎아내리는 것을 보고 싶어 하는 고백하지 못할 욕망을 품고 그 믿음을 방어하는 애틋한 작은 목소리를 들었다. 그 영웅은 그녀 쪽으로 고개를 돌렸다. "무엇을 위해 사느냐고? 신에게 인간의 살을 제공하기 위해서지. 왜냐하면 성경은 우리에게 삶의 의미를 찾으라고 요구하지 않았어. 우리에게 번성하라고 요구했지. 너희들은 사랑하고 번성할지어다. 이걸 잘 아셔야지. 이 '사랑하라.'의 의미는 '번성하라.'라는 말에 의해 결정되거든. 이 '사랑하라.'라는 말은 박애적, 동정적인 사랑이나 영혼이나 정열의 사랑을 의미하는 것이 결코 아니고 아주 간단하게 말해 '성교하라!', '교미하라!' (목소리를 내리깔고 그녀에게 다가가며) '섹스하라!'라는 뜻이야. (헌신적 제자처럼 공손하게 부인은 그의 눈을 바라보았다.) 바로 여기에, 오로지 여기에 인간 삶의 의미가 있는 거야. 나머지 모든 것은 허섭스레기지."

를르와의 추론은 면도날처럼 예리했고 샹탈도 이에 공감했다. 두 객체를 고양하는 사랑, 정조를 지키는 사랑, 오로지 한 사람에게 정열적으로 집착하는 사랑, 아니다, 이런 사랑은 존재하지 않는다. 설령 존재한다 해도 단지 자기 징계, 의도적 맹목, 수도원으로의 도피에 불과하다. 그리고 그녀는 사랑이 존재한다 해도 있어서는 안 될 것이라고 생각했고 이 생각에 쓸쓸해지기는커녕 온몸 안에 퍼지는 축복처럼 느껴졌다. 그녀는 모든 남자들 사이를 누비고 다니는 장미의 은유에 대해 생각했고 지금까지는 사랑의 감옥에서 살았지만 이제부터 장미의 신화에 기꺼이 복종하고 그 도취적 향기에 스스로 녹아들리라고 생각했다. 생각이 여기에 미치자 장마르크가 떠올랐다. 집에 있을까? 나갔을까? 이런 질문을 하면서도 어떤 감정도 일지 않았다. 마치 로마에 비가 올까, 뉴욕에 해가 날까 라고 궁금해하는 식이었다.

그러나 그토록 무관심했던 그녀도 장마르크에 대한 추억 탓에 자기도 모르게 고개를 돌렸다. 그녀는 열차 한구석에서 등을 돌리고 옆칸 열차로 지나가는 사람을 보았다. 그녀는 그녀의 시선을 피해 도망가려는 장마르크의 모습을 본 것 같았다. 정말 그였을까? 해답을 찾는 대신 그녀는 창 밖을 내다보았다. 풍경은 점점 추해졌고, 전원은 점점 회색으로 변하고, 들판은 점점 늘어나는 철탑, 콘크리트 건물, 전선으로 관통되었다. 스피커에서 기차가 몇 초 후에는 해저로 내려간다고 알리는 소리가 들렸다. 과연 기차가 마치 뱀처럼 미끄러져 들어갈 둥글고 검은 구멍이 보였다.

43

“내려가네요.”라고 우아한 부인이 말했고 그녀의 목소리에는 겁에 질린 흥분이 배어 있었다.

“지옥 속으로.” 를르와가 보다 멍청하고, 보다 놀라고, 보다 겁에 질린 부인의 모습을 보고 싶어할 거라고 상상한 샹탈이 덧붙였다. 이제 자기가 그의 악질 조수가 된 느낌이었다. 그녀는 런던의 화려한 호텔 침대가 아니라 화염과 신음 소리와 연기와 악마로 둘러싸인 제단으로 를르와를 위해 이 우아하고 정숙한 부인을 데려다 준다는 생각에 기분이 좋아졌다.

이제 더 이상 창 밖에는 볼 것이 없었고 열차는 터널 안을 지나고 있었다. 그녀는 시누이와 장마르크, 모든 감시와 염탐으로부터 멀어지고 그녀 삶, 그녀에게 들러붙어 그녀를 짓누르던 삶으로부터 멀어진다고 느꼈다. ‘시야에서 사라지다.’라는 표현이 문득 떠올랐고 실종을 향한 여행이 우울하기는커

녕 그녀의 장밋빛 신화의 가호 아래에서 부드럽고 경쾌하다는 사실에 놀랐다.

"점점 깊이 내려가네요." 겁에 질린 부인이 말했다.

"진리가 머무르는 그곳으로요." 하고 샹탈이 말했다.

"무엇을 위해 사나요, 인생에 있어서 무엇이 본질적인 것인가요라는 당신 질문에 대한 답이 있는 곳으로." 하고 를르와가 한술 더 떴다. 그는 부인을 뚫어지게 바라보았다. "인생의 본질은 삶이 지속되게 하는 거야. 그건 출산이고 그에 선행하는 성교, 또 그보다 앞서는 유혹, 그러니까 키스, 바람에 날리는 머리카락, 팬티, 멋지게 재단된 브래지어, 그리고 사람에게 성교를 가능하게 하는 모든 것, 다시 말해 먹거리지. 요새는 아무도 좋아하지 않는 불필요한 성찬이 아니라 누구나 쉽게 살 수 있는 먹거리, 그리고 먹었으니 배설도 중요하지. 부인, 사랑스러운 부인, 우리 업계에서 생리대와 기저귀에 대한 찬사가 얼마나 큰 자리를 차지하는지 아셔야지. 생리대, 기저귀, 세제, 먹거리. 이것이 인간의 신성한 순환 계통이고 우리 임무는 이를 발견하고 포착하고 정의할 뿐 아니라 그걸 미화해서 노래로 바꾸는 거야. 우리 영향력 덕분에 생리대는 거의 모두 핑크색인데 친애하는 부인, 불안해하시는 부인께 내가 적극 권장하는 바인데 바로 이렇게 시사하는 바가 아주 큰 이런 사실에 대해 숙고해 보시란 말이지."

"참혹해! 참혹하단 말이에요!" 하고 강간당한 여자의 탄식처럼 떨리는 목소리로 부인이 말했다. "예쁘게 화장한 참혹이고 우리 모두 참상의 분장사군요!"

“바로 그거야.” 하고 를르와가 말했고 샹탈은 이 ‘바로’라는 말에서 를르와가 우아한 부인의 탄식으로부터 취하고 있는 쾌감을 들었다.

“그렇다면 삶의 위대함은 어디에 있단 말이에요? 우리 운명이 먹는 것, 성교, 생리대에 달렸다면 우리는 누구일까요? 그리고 우리가 고작 이런 것만 할 수 있다면 흔히 말하듯 우리가 자유로운 존재라는 사실에 어떤 자부심을 느낄 수 있을까요?”

샹탈은 부인을 쳐다보다가 이 여자야말로 낚교꾼이 꿈에 그리는 사냥감이라 생각했다. 샹탈은 사람들이 그녀의 옷을 벗기고 늙고 우아한 몸을 사슬로 묶어 그녀의 유치한 진실을 애절하고 큰 목소리로 늘어놓으라고 강요하며 그녀 앞에서 모든 사람들이 성교를 하고 몸을 드러내는 장면을 상상했다…….

를르와 탓에 샹탈의 환상이 끊어졌다. “자유라? 당신의 참혹한 현실을 겪으면서 당신은 불행할 수도 있고, 혹은 행복할 수도 있지. 당신의 자유란 바로 그 선택에 있는 거야. 다수의 용광로 속에 당신의 개별성을 용해하면서 패배감을 맛보느냐, 아니면 황홀경에 빠지느냐는 당신 자유야. 우리 선택은 바로 황홀경이지, 부인.”

샹탈은 자신의 얼굴에 미소가 그려지고 있음을 느꼈다. 그녀는 를르와가 방금 한 말의 뜻을 분명히 알 수 있었다. 우리의 유일한 자유는 회한과 쾌감 중 하나를 선택하는 데 있다고. 모든 것이 무의미한 것이 우리 운명이니 그것을 결점처럼 끌어안고 살지 말고 즐기는 법을 알아야만 한다. 그녀는 변태적이며 동시에 매력적인 지성으로 빛나는 를르와의 무표정한 얼굴을 바라보았다. 욕망은 없지만 공감 어린 눈길로 그를 바라보면서 (앞서 품었던 몽상을 손을 휘휘 저어 씻어 내려는 듯) 이 사람은 오래전부터 그의 모든 남성적 에너지를 이 예리한 논리의 힘, 그가 직장 동료에게 행사하는 권위로 전이시켰다고 그녀는 생각했다. 그녀는 그들이 열차에서 내리는 장면을 상상했다. 를르와가 여전히 자신을 존경하는 부인을 자신의 논리로 경악시키는 동안 그녀는 슬그머니 공중전화 부스로 숨었다가 모든 사람들로부터 빠져나갈 것이다.

44

일본인, 미국인, 에스파냐인, 러시아인이 모두 한결같이 목에 카메라를 걸고 열차에서 내렸고 장마르크는 샹탈을 시야에서 놓치지 않으려고 애썼다. 넓다란 사람의 물결이 좁아지면서 에스컬레이터를 통해 폴랫폼 아래로 사라졌다. 계단 아래 홀 안에서는 카메라를 멘 사람들이 떼를 지어 뛰어갔고 그 뒤를 구경꾼 무리가 따라가면서 장마르크의 길을 가로막았다. 열차 승객들도 멈춰 서야만 했다. 박수 소리, 비명 소리가 들렸고 건너편 계단에서는 아이들이 내려왔다. 아이들은 어린이 모터사이클 선수나 스키 선수처럼 각양각색 헬멧을 쓰고 있었다. 사람들은 그 아이들을 촬영하려고 달려든 것이다. 장마르크는 사람들 머리 사이에서 샹탈을 보려고 발끝으로 섰다. 마침내 그녀를 발견했다. 그녀는 아이들 건너편 공중전화 부스 안에 있었다. 수화기를 귀에 대고 뭔가 이야기하고 있

었다. 장마르크는 길을 헤쳐 나가려고 발버둥 치다가 카메라
맨을 밀쳤고 화가 난 그는 장마르크에게 발길질을 해 댔다. 장
마르크는 그를 팔꿈치로 밀쳤고 그는 하마터면 카메라를 떨
어뜨릴 뻔했다. 경찰관이 다가와 장마르크에게 촬영이 끝날
때까지 기다리라고 경고했다. 바로 그 순간 그의 눈길이 공중
전화 부스를 나오는 샹탈의 눈길과 일이 초 동안 마주쳤다. 그
는 다시 군중 사이를 헤쳐 나가려고 밀쳐 댔다. 경찰이 그의
팔을 꽉 잡아 비틀었고 그게 너무 아파서 털썩 무릎을 꿇는 바
람에 그는 샹탈을 시야에서 놓치고 말았다.

헬멧을 쓴 아이들 행렬 중 마지막 아이가 지나가고 나서야
경관은 그의 팔을 풀어 주었다. 그는 공중전화 부스 쪽을 바
라보았으나 그곳은 이미 비어 있었다. 가까이에 프랑스 사람
들이 멈춰 서 있었다. 그는 그들의 얼굴을 알아보았다. 샹탈의
직장 동료들이었다.

"샹탈은 어디 있지요?" 그는 젊은 여자에게 물었다.

그녀는 나무라는 투로 대답했다. "그걸 알아야 할 사람은
당신이죠. 샹탈이 얼마나 즐거워하던지 모르겠어요! 그런데
열차에서 내리자마자 사라졌네요!"

다른 뚱뚱한 여자는 짜증을 냈다. "열차 안에서 당신을 보
았어요. 샹탈에게 손짓을 했지요. 난 다 봤어요. 당신이 산통
다 깼어요."

를르와가 그들 말을 가로막았다. "자, 갑시다!"

젊은 여자가 물었다. "그러면 샹탈은요?"

"샹탈은 주소를 알지."

손가락을 반지로 도배한 우아한 부인이 말했다. "이분께서
도 샹탈을 찾고 있는데."

장마르크는 그가 를르와를 알듯 그도 자기의 얼굴 정도는
알리라 생각했다. 그래서 그는 "안녕하십니까?"라고 했다.

"안녕하세요." 그리고 그는 미소를 지으며 말했다. "몸싸움
을 하는 모습을 보았습니다. 일당백으로 싸우시더군요."

장마르크는 그의 음성에서 공감대를 느꼈다고 믿었다. 그
것은 참담한 곤경에 처한 그에게 내뻗은 손길 같았고 그는 그
손을 잡고 싶었다. 그것은 단 일 초 만에 그에게 우정을 약속
하는 불꽃 같았다. 서로 알지 못하는 사이지만 오로지 순식간
에 느끼는 공감의 쾌감을 위해 기꺼이 서로 돕겠다는 남자들
간의 우정. 그것은 마치 오래된 아름다운 꿈이 그에게 내려오
는 것 같았다.

신뢰를 느낀 그는 말했다. "혹시 호텔 이름을 가르쳐 줄 수
있나요? 샹탈이 와 있는지 전화를 걸어 확인하고 싶습니다."

를르와는 아무 말도 없다가 물었다. "샹탈이 가르쳐 주지
않던가요?"

"아니요."

"그렇다면 죄송하군요." 그는 정중하다 못해 거의 아쉽기까
지 하다는 투로 말했다.

"가르쳐 드릴 수 없어요."

불꽃은 꺼지면서 기세가 수그러들었고 장마르크는 다시 경
찰과 다툰 후유증으로 어깨에 통증을 느끼며 역을 빠져나왔
다. 어디로 갈지 몰라 그는 발길 닿는 대로 걷기 시작했다.

길을 걸으며 그는 호주머니에서 지폐를 꺼내 다시 한 번 세어 보았다. 돌아가는 차비를 내기에도 빠듯할 정도였다. 마음만 먹으면 당장에라도 돌아갈 수 있었다. 오늘 저녁이면 파리에 있을 수도 있었다. 당연히 그게 가장 현명한 답안일 것이다. 여기서 뭘 할 것인가? 할 일이라곤 아무것도 없다. 하지만 그는 떠날 수 없었다. 그는 결코 떠날 결심을 할 수 없을 것이다. 샹탈이 여기 있는 한 그는 런던을 떠날 수 없었다.

그러나 돌아갈 차비를 남겨 둬야 했던 그는 호텔에 들 수도 없었고 샌드위치조차도 먹을 수 없었다. 어디에서 자야 할까? 그 순간 샹탈에게 줄곧 했던 말이 마침내 확인되었다는 것을 그는 알았다. 그는 가장 심오한 소명의식에 입각한 주변인, 그러나 단지 철저히 불안정하고 일시적 상황 덕분에 넉넉하게 사는 주변인이라는 사실. 이제 그는 원래 모습, 그가 속한 부류 속으로 던져진 것이다. 자신의 빈곤을 가릴 지붕조차 없는 가난한 사람들 속으로.

그는 샹탈과 나눴던 대화를 떠올리며 오직 이 말을 하기 위해서라도 그녀를 마주 보고 싶다는 유치한 감정에 빠졌다. 자, 내 말이 맞았지. 그냥 시늉만 한 것이 아니라 원래 정말 이런 사람, 주변인, 집 없는 사람, 노숙자라고.

45

해가 떨어졌고 대기는 다시 차가워졌다. 그는 한쪽은 집들이 나란히 들어서 있고 다른 쪽은 검게 칠해진 철책으로 둘러싸인 공원이 있는 거리로 들어섰다. 공원 쪽 인도 위에 나무 벤치가 있었다. 그는 거기에 앉았다. 그는 무척 피곤했고 다리를 의자에 올려놓고 길게 눕고 싶어졌다. 그는 생각했다. 틀림없이 이런 식으로 시작되는 것이다. 어느 날 벤치 위에 다리를 올려놓았다가 해가 떨어지면 잠드는 것이다. 이런 식으로 어느 날 떠돌이 틈에 끼게 되어 그들 중 하나가 되는 것이다.

그래서 그는 온 힘을 다해 피곤을 누르고 교실에 앉은 모범생처럼 아주 똑바로 자세를 잡았다. 그의 뒤쪽으로 나무가 있었고 앞쪽 길 건너편에는 집이 있었다. 한결같이 입구에 기둥이 두 개 있고 매 층마다 창문이 네 개 달린 하얀 이층집이었다. 그는 인적 드문 그 길을 지나가는 행인 하나하나를 주의 깊게 바라보았다. 그는 상탈을 보게 될 때까지 그 자리를 지키고 있으리라 결심했다. 기다림, 그것은 그가 그녀를 위해, 그들 두 사람을 위해 할 수 있는 유일한 일이었다.

갑자기 오른쪽으로 삼십여 미터 떨어진 집 모든 창문에 불이 켜지고 안쪽에서 누군가 붉은 커튼을 내렸다. 그는 한 사교 클럽이 파티를 하려고 모였으리라 생각했다. 그러나 들어가는 사람을 보지 못했기 때문에 그는 화들짝 놀랐다. 그들은 오래전부터 저기에 있다가 지금 막 불을 켠 것일까? 아니면 자기도 모르는 사이에 잠들어서 그들이 도착하는 것을 보지 못한 것일까? 맙소사, 잠이 들었다면 상탈을 놓쳤을 텐데? 문득 수상한 난교꾼에 대한 생각이 그의 머리를 벼락처럼 스치고 지나갔다. "왜 하필이면 런던인지 당신도 잘 알겠지."라는 말이 귓가에 쟁쟁하게 맴돌았고 이 "당신도 알지."라는 말이 전혀 다른 의미로 다가왔다. 런던, 그것은 영국인, 브리태니커, 브리타니퀴스의 도시다. 그녀가 역에서 전화를 건 것은 그에게이며 그녀가 를르와, 직장 동료, 그리고 모든 사람으로부터 빠져나온 것은 그를 위해서다.

거대하고 고통스러운 질투심이 그를 사로잡았다. 상탈이 자기를 배신할 수 있을지 순전히 이론적 질문을 해 보며 열린 옷장 앞에서 느꼈던 추상적, 심리적 질투심이 아니라 젊은 시절 겪었던 질투심처럼 육체를 꿰뚫고 지나가면서 온몸을 무감각하게 만드는 견딜 수 없는 질투심을 느꼈다. 다른 사람들에게 고분고분 헌신적으로 온몸을 내맡기는 상탈을 상상하니 더 이상 참을 수 없었다. 그는 자리에서 일어나 집 쪽으로 달려갔다. 아주 하얀 정문은 전등으로 환히 밝혀 있었다. 문고리를 돌리자 문이 열렸고 방으로 들어서자 빨간 양탄자가 깔린 계단이 보였고 위쪽에서 시끄러운 목소리를 들으며 이 층의 커다란 층계참에 도착했다. 그곳에는 외투뿐 아니라 (그리고 이 역시 그를 놀라게 했는데) 여자 드레스와 남자 와이셔츠 몇 벌이 걸린 긴 옷걸이가 가로로 설치되어 있었다. 화가 난 그는 옷들 사이로 지나갔다. 커다랗고 하얀 여닫이 문에 다다랐을 때 묵직한 손이 그의 아픈 어깨를 내리쳤다. 그는 고개를 돌렸다. 팔에 문신을 한 건장한 티셔츠 차림 남자가 그에게 영어로 말하며 내뿜는 입김이 뺨에 닿았다.

그는 점점 그에게 고통을 가중하는 손을 뿌리치려고 애쓰면서 문신한 남자를 계단 쪽으로 밀쳤다. 그는 거기서 버티려다가 중심을 잃었고 아슬아슬하게 계단 난간을 잡고 설 수 있었다. 남자에게 제압당한 그는 천천히 계단을 내려왔다. 문신한 남자는 그를 따라왔고 장마르크가 문 앞에 서서 머뭇거리자 뭔가 영어로 악을 쓰며 한 팔을 치켜들고 나가라고 명령했다.

46

오래전부터 난교 이미지가 혼란스러운 꿈속이나 비유, 심지어는 장마르크와의 대화 중에도 그녀를 따라다녔다. 어느 날 (아주 오래전 어느 날) 장마르크는 그녀에게 말했다. 나는 당신과 함께 난교 모임에 가고 싶지만 한 가지 조건이 있지. 쾌락의 순간 참여자들은 각각 동물로 변하는 거야. 제각기 양, 암소, 염소로 변하면 디오니소스의 난교 축제는 동물들 사이에서 우리만 남자 목동과 여자 목동으로 남은 전원시로 변하는 거야.(이 전원적 상상이 그녀를 즐겁게 했다. 불쌍한 난교꾼들은 나중에 암소로 변해 나오게 될 줄은 모르고 앞다투어 악덕의 소굴로 달려가는 것이다.)

그녀는 벌거벗은 사람들로 둘러싸여 있고 바로 그 순간 그녀는 인간보다는 양들을 더 좋아하게 될 것이다. 더 이상 누구도 보기 싫은 그녀는 눈을 감았다. 그러나 일어섰다가 작아지고 굵어졌다가 가늘어지는 그들의 크고 작은 성기가 여전히 눈꺼풀 뒤에서 어른거렸다. 이것은 지렁이들이 일어섰다가 몸을 구부렸다 뒤틀고 다시 늘어지는 들판의 모습을 떠오르게 했다. 그러더니 지렁이는 더 이상 보이지 않고 뱀이 나타났다. 그녀는 혐오감을 느꼈지만 여전히 흥분해 있었다. 다만 이 흥분이 다시 정사를 하고 싶은 욕구를 주는 것이 아니라 오히려 흥분하면 흥분할수록 그 흥분은 그녀의 육체가 그녀에게 속한 것이 아니라 이 흙구덩이 들판, 지렁이와 뱀의 들판에 속했다고 그녀에게 깨우쳐 주었고 그녀는 자신의 흥분으로 가중되는 혐오감만 느낄 따름이었다.

그녀는 눈을 떴다. 옆방에서 여자 하나가 그녀 쪽으로 다가와 활짝 열린 문 앞에 우뚝 서서 이 유치한 남성적 몽상, 이 지렁이의 왕국으로부터 그녀를 벗어나게 해 주려는 듯 유혹하는 눈길로 그녀를 바라보았다. 그녀의 아름다운 얼굴은 금발에 둘러싸여 있었고 키가 컸으며 몸매는 멋지게 다듬어져 있었다. 샹탈이 그녀의 말 없는 초대에 응하려는 바로 그 순간 금발 여인은 입술을 동그랗게 오므리며 침을 흘렸다. 샹탈의 눈에는 이 입이, 두터운 볼록 렌즈를 통해 확대되어 보였다. 침은 하얗고 조그마한 공기 방울로 가득 차 있었다. 여인은 마치 샹탈의 감정을 고조하려는 듯, 한 사람이 다른 사람을 녹여 버리는 축축하고 부드러운 키스를 약속하려는 듯, 침 거품을 드나들게 했다.

샹탈은 입술 위에서 방울로 맺혀 떨리며 늘어지는 침을 바라보았고 그녀의 혐오감은 구역질로 변했다. 그녀는 조심스럽게 눈길을 피하려고 몸을 돌렸다. 그러나 금발 여인은 뒤에서 그녀의 팔을 잡았다. 샹탈은 손을 뿌리치고 몇 걸음 도망쳤다. 금발 여인의 손길이 그녀 몸에 닿는 것을 느끼자 그녀는 내달리기 시작했다. 아마도 그녀의 도주를 에로틱한 게임으로 받아들인 듯한 금발 여인의 숨소리가 들려왔다. 진퇴양난이었다. 그녀가 도망치려고 발버둥치면 칠수록 그녀는 금발 여인을 흥분하게 만들어 또 다른 가해자들을 그녀에게 꼬이게 했고 그들은 그녀가 사냥감인 양 따라붙었다.

그녀는 복도로 뛰어갔고 뒤에서 발소리가 들렸다. 그녀를 쫓아오는 육체가 그녀에게 혐오감을 일으켜 그 혐오감은 금세 공포로 변했다. 그녀는 목숨이 걸린 문제인 양 뛰었다. 복도는 길었고 그 끝에 타일이 깔린 조그마한 방으로 연결되는 문이 열려 있었다. 그 방 구석에는 문 하나가 또 있었다. 그녀는 구석 문을 열고 들어가 문을 닫았다.

그녀는 어둠 속에서 숨을 돌리기 위해 벽에 몸을 기대었다. 그리고 문 주위를 더듬거려 불을 켰다. 그것은 조그만 광이었다. 진공청소기, 빗자루, 대걸레 들이 있었다. 바닥에는 둘둘 말린 걸레더미 위에 개가 한 마리 있었다. 바깥에서 아무런 소리도 들리지 않자 그녀는 중얼거렸다. 짐승의 순간이 도래했고 나는 살아났다. 그녀는 큰 소리로 개에게 물었다. "너는 저 인간들 중에 누구냐?"

갑자기 그녀는 자신이 한 말 때문에 혼란에 빠졌다. 하느님 맙소사, 난교의 끝에 인간이 짐승이 된다는 생각은 어디에서 기인한 것일까?

이상한 일이다. 그녀는 이런 생각이 어디에서 기인했는지 도무지 알 수 없었다. 기억을 뒤져 보았으나 아무것도 찾지 못했다. 어떤 구체적 기억도 상기시키지 않는 그저 부드러운 감흥, 아득한 곳에서 온 구원의 손처럼 수수께끼 같고 설명할 수 없을 정도로 행복한 감흥만이 느껴질 뿐이었다.

불쑥 거칠게 문이 열렸다. 초록색 작업복 차림의 작은 흑인 여자가 들어왔다. 그녀는 전혀 놀란 기색 없는 짧고 격렬한 시선으로 샹탈을 힐끔 바라보았다. 샹탈은 옆으로 한 걸음 비켜섰고 그녀는 커다란 진공청소기를 들고 나갔다.

그러다 보니 이빨을 내보이며 으르렁거리는 개에게 다가서게 되었다. 그녀는 다시 공포에 사로잡혔다. 그녀는 밖으로 나갔다.

복도로 나온 그녀 머릿속에는 오로지 한 가지 생각만 있었다. 옷걸이에 그녀 옷이 걸린 층계참을 찾는 일. 그러나 문고리를 돌리는 문마다 모두 열쇠로 잠겨 있었다. 그러다가 마침내 활짝 열린 큰 문을 통해 거실로 나왔다. 거실은 기이할 정도로 크고 텅 비어 보였다. 거기에서 초록색 작업복을 입은 흑인 여자가 큰 진공청소기로 일을 하고 있었다. 파티 초대 손님 중 선 채 낮은 소리로 대화를 나누는 몇몇 남자들만 남아 있었다. 그들은 모두 잘 차려입었고, 불현듯 자신의 나체가 격식에 벗어났음을 깨닫고 수줍어하며 그들을 바라보는 샹탈에게 아무런 관심도 보이지 않았다. 흰 가운 차림에 슬리퍼를 신은 칠십 대쯤 되어 보이는 다른 남자 하나가 그들 쪽으로 다가가 이야기를 했다.

그녀는 어디로 나가야 할지 머리를 쥐어짰으나 달라진 분

위기, 사람들이 떠나 버려 예기치 못하게 텅 빈 공간에서는 방들의 배치가 변형된 것처럼 느껴져서 어디가 어딘지 도무지 알 수가 없었다. 금발 여자가 입에 침을 물고 그녀를 유혹했던 옆방 문이 활짝 열린 것이 눈에 들어왔다. 그녀는 그곳으로 나갔다. 방은 텅 비어 있었다. 그녀는 거기에 멈춰 서서 문을 찾았다. 문은 없었다.

다시 거실로 돌아갔고 그사이에 남자들이 떠나간 것을 알았다. 왜 좀 더 주의하지 않았을까? 그들을 따라나갈 수도 있었을 텐데! 가운 차림 칠십 대 노인만 남아 있었다. 그들의 시선이 마주쳤고 그녀는 그가 누구인지 알아보았다. 그녀는 난데없는 신뢰감에 흥분되어 그에게 다가갔다. "당신에게 전화했었지요, 기억나세요? 저보고 오라고 하셨지요. 그런데 제가 도착했을 때엔 당신을 찾을 수 없었어요!"

"무슨 소리인지 알아요, 알아. 한데 미안합니다. 이제 아이들 장난 같은 놀이에는 더 이상 끼고 싶지 않아요." 그는 친절하게 대답했으나 그녀에게는 조금도 관심을 기울이지 않았다. 그는 창가로 가더니 창문을 하나하나 열었다. 강한 바람이 거실로 몰려들었다.

"아는 사람을 만나게 돼서 너무 기쁩니다." 샹탈은 흥분해서 말했다.

"이 썩은 냄새를 빼야겠네."

"어떻게 층계참을 찾을 수 있는지 말씀해 주세요. 내 소지품이 몽땅 거기에 있어요."

"기다려 봐요." 그는 이렇게 말하고 거실로 가더니 후미진

곳에 놓여 있던 의자를 가져왔다. "여기 앉으세요. 제 일이 끝나면 곧 돌봐 줄 테니."

의자는 거실 한가운데에 놓였다. 그녀는 고분고분 의자에 앉았다. 칠십 대 노인은 흑인 여자 쪽으로 가더니 다른 방으로 사라졌다. 이제 거기에서 가르릉거리는 진공청소기 소리가 들려왔다. 그 소리와 더불어 명령을 내리는 노인의 목소리, 그리고 망치질 소리가 몇 차례 들려왔다. 망치? 그녀는 놀랐다. 여기에서 누가 망치로 일을 하고 있을까? 아무도 보질 못했는데! 누군가 들어왔을 것이다! 그런데 어디로 들어왔을까?

바람이 불어 창가의 붉은 커튼자락이 펄럭거렸다. 알몸으로 의자에 앉은 샹탈은 추웠다. 다시 한 번 망치질 소리가 들려왔고 그때 그녀는 겁에 질려 무슨 일이 벌어지고 있는지 깨달았다. 저들이 모든 문에 못질을 하는구나! 여기에서 다시는 빠져나가지 못할 거야! 엄청난 위기감이 엄습해 왔다. 그녀는 의자에서 일어나 몇 발짝 서성거리다가 어디로 가야 할지 몰라 멈춰 섰다. 그녀는 살려 달라고 외치고 싶었다. 그러나 누가 그녀를 구할 수 있을까? 극도의 불안감에 빠진 그 순간, 그녀에게 다가오기 위해 군중들과 몸싸움을 벌이던 남자의 모습이 떠올랐다. 누군가 그의 팔을 등 뒤에서 비틀었다. 얼굴은 보이지 않고 구부정한 몸통만 보였다. 그녀는 좀 더 자세히 그의 얼굴을 떠올려 윤곽을 기억해 보고 싶었지만 도무지 생각나지 않았다. 다만 그녀를 사랑하는 사람이란 것만은 알 수 있었고 그녀에게 지금 중요한 것은 바로 그것뿐이었다. 이 도시에서 그를 보았으니 그는 그리 멀리 있지 않을 것이다. 가능한

빨리 그를 찾고 싶었다. 그런데 어떻게? 문에는 못질이 되었으니! 창가에서 펄럭이는 빨간 커튼이 눈에 들어왔다. 창문! 창문이 열려 있다! 창가로 가야만 한다! 거리 쪽으로 비명을 질러야 한다! 창이 너무 높지만 않다면 뛰어내릴 수도 있을 거다! 다시 망치질 소리. 또 한 번. 지금 아니면 영영 못 할 거다. 시간이 흐를수록 그녀에게 불리하다. 지금이 행동할 수 있는 마지막 기회다.

48

그는 어둠 속에서 겨우 어슴푸레 보이는 벤치로 다시 돌아갔다. 거리에 가로등이라곤 고작 두 개뿐인데 벤치를 사이에 두고 멀리 뚝 떨어져 있었다.

그가 엉거주춤 앉으려는데 악쓰는 소리가 들렸다. 그는 깜짝 놀랐다. 잠깐 사이에 벤치를 차지한 남자가 그에게 욕설을 퍼부었다. 그는 군말 없이 자리를 떴다. 이거구나. 이게 새로 시작한 내 신세구나라고 그는 생각했다. 고작해야 잠잘 수 있는 조그만 구석 자리인데 그걸 차지하기 위해 싸워야만 하다니.

그는 걸음을 멈췄다. 길 건너편 두 기둥 사이에 매달린 전등이 방금 이 분 전에 쫓겨났던 집의 하얀 대문을 밝히고 있었다. 그는 인도에 주저앉아 공원을 둘러싼 철책에 기대었다.

가랑비가 내리기 시작했다. 그는 옷깃을 세우고 집을 관찰했다.

갑자기 창문이 하나하나 열렸다. 양쪽으로 당겨진 빨간 커튼이 미풍에 펄럭이며, 환하게 밝힌 하얀 천장이 보였다. 저게 무슨 의미일까? 파티가 끝났다는 뜻일까? 그러나 나온 사람은 아무도 없는데! 몇 분 전만 해도 그는 질투심의 불꽃으로 안절부절못했는데 지금은 오직 샹탈을 위한 걱정, 다른 것은 아무것도 없고 오직 그녀를 위한 두려움만 느낄 뿐이다. 그녀를 위해 무슨 짓이라도 하고 싶었지만 그는 무엇을 해야 할지 몰랐고 바로 그 점이 참을 수 없이 괴로웠다. 그녀를 어떻게 도와야 할지 몰랐지만 이 세상에서, 이 세상 그 어디에서도 그녀를 도울 사람은 오직 그뿐이었다.

얼굴이 눈물로 흥건히 젖은 그는 자리에서 일어나 집 쪽으로 다가가 그녀의 이름을 외쳤다.

49

칠십 대 노인은 한 손에 다른 의자를 들고 샹탈 앞에 멈춰 섰다. "어디로 가고 싶은 거죠?"

그녀는 놀란 눈으로 정면에 있는 그를 바라보았고 이처럼 커다란 혼란의 순간, 그녀의 육체 깊은 곳에서 뜨거운 물결이 솟구치면서 그녀의 배와 가슴을 가득 채우더니 얼굴까지 뒤덮었다. 그녀는 불꽃 속에서 활활 타는 듯했다. 알몸의 그녀는 온통 새빨개졌고 그녀 육체에 꽂힌 남자의 시선을 통해 그녀는 뜨겁게 타고 있는 그녀 육체의 구석구석까지 느낄 수 있었다. 그녀는 마치 몸을 가리겠다는 듯 무심결에 손을 가슴 위로 가져갔다. 육체 내면에서 타고 있는 불꽃은 어느새 그녀의 용기와 저항심을 태워 버렸다. 갑자기 피곤해졌다. 갑자기 자기가 약해진 것처럼 느껴졌다.

그는 그녀의 손을 잡고 의자 쪽으로 데려갔고 자기 의자도 그녀 앞에 놓았다. 그들은 텅 빈 거실 한가운데에서 바짝 다가가 마주 보며 단둘이 앉아 있었다.

차가운 바람이 땀에 젖은 그녀 몸을 휘감았다. 그녀는 몸을 떨면서 가느다란 애원조로 물었다. "여기서 나갈 수 없나요?"

"그런데 왜 나와 같이 있으려 하지 않는 거지? 안."

"안?" 그녀는 두려움으로 온몸이 얼어붙었다. "왜 저를 안이라고 부르지요?"

"그게 당신 이름 아니었던가?"

"전 안이 아니에요!"

"나는 예전부터 항상 당신을 안이라고 알고 있었어!"

옆방에서는 여전히 망치질 소리가 몇 차례인가 들려왔다. 그는 마치 망치질하는 데에 끼어들지 말지를 망설이는 듯 소리가 나는 쪽으로 고개를 돌렸다. 그녀는 잠깐 관심에서 벗어나 혼자 남은 틈을 타서 상황을 이해해 보려고 애썼다. 그녀는 알몸인데도 저들은 계속해서 그녀를 벗기려 드는 거다! 그녀의 자아로부터 그녀를 벗기는 것! 그녀의 운명으로부터 그녀를 벗기는 것이다! 그녀에게 다른 이름을 준 다음 그들은 결코 자신이 누구인지 설명할 길이 없을 그녀를 익명의 사람들 속에 내던질 것이다.

그녀는 더 이상 이곳을 빠져나가기를 바라지 않았다. 문에는 못질이 되어 있었다. 겸허한 자세로 처음부터 시작해야만 한다. 처음, 그것은 그녀의 이름이다. 그녀는 우선 반드시 필요한 최소한의 조건으로, 앞에 앉아 있는 남자가 그녀를 자신의 이름으로 불러 주기를 바랐다. 그것이 그녀가 그에게 요구하는 첫 번째 사항인 것이다. 그걸 요구해야만 한다. 그러나 이런 목표를 정하자마자 자신의 이름이 영혼 속에서 꽉 막혀 있음을 알 수 있었다. 이름이 기억나지 않는 것이다.

그녀는 극도의 불안 속에 빠졌지만 자신의 생사가 걸린 일임을 아는 그녀는 자기를 보호하고 싸워 나가기 위해서는 무슨 수를 써서라도 냉정을 되찾아야만 했다. 집요하게 정신을 집중해서 그녀는 기억을 되살리려고 애썼다. 그녀에겐 세례명이 세 개 있었다. 맞아, 세 개다. 그녀는 그중 하나만 사용했다. 거기까지는 알겠는데 그 세 이름이 무엇이며 그중 어느 이름을 사용했던가? 맙소사, 그 이름을 수천, 수만 번은 들었을 텐데!

그녀를 사랑하는 남자에 대한 생각이 되살아났다. 그가 여기 있다면 그녀의 이름을 불러 줄 것이다. 그의 얼굴을 기억해 내는 데에 성공한다면 그녀 이름을 발음하는 입 모양을 상상할 수도 있을 것이다. 그녀에게는 이것이 좋은 실마리처럼 보였다. 이 남자를 통해 자기 이름을 되찾는 것이다. 그녀는 그를 상상하려고 애썼고 이번에도 역시 군중들 사이에서 몸싸움을 하는 모습이 눈앞에 떠올랐다. 창백하고 쉽게 흐려져 버리는 이미지라서 그녀는 그것을 붙잡으려고, 꽉 붙잡아 집중하여 과거로 깊이 들어가려고 애썼다. 이 남자는 어디서 왔을까? 어떻게 군중 속에 있게 되었을까? 왜 싸웠을까?

그녀는 이 기억의 화면을 넓게 펼치려고 노력했고 그러자 별장이 딸린 커다란 정원이 나타났고 별장 안의 많은 사람들 사이에서 키 작은 왜소한 남자를 보았으며 이 남자와 아이를 하나 가졌었다는 것이 기억났다. 이 아이에 대해서는 아이가 죽었다는 것 외에는 아무것도 몰랐다…….

"무슨 생각을 그리 골똘하게 하는 거지요, 안?"

그녀는 고개를 들었고 그녀 앞에 앉아 그녀를 바라보고 있는 어떤 늙은 사람을 보았다.

"내 아기가 죽었어요." 하고 그녀가 말했다. 기억이 너무 희미했다. 바로 그렇기 때문에 그녀는 큰 소리로 말했다. 그래야만 더욱 생생해질 거라고 생각한 것이다. 그녀는 그녀로부터 도망치는 자기 삶의 한 끄트머리를 이렇게 해야 잡을 수 있으리라 생각한 것이다.

그는 그녀 쪽으로 몸을 숙이더니 손을 잡아 주며 격려조로 차분하게 말했다. "안, 당신 아기는 잊어요, 죽은 자들은 잊어버리고 삶에 대해 생각해요!"

그는 그녀에게 미소를 지었다. 그리고 거대하고 숭고한 그 무엇을 지칭하려는 듯 큰 몸짓을 해 보였다. "삶! 삶 말입니다! 안. 인생 말이에요!"

이 미소와 이 몸짓이 그녀를 격분으로 가득 채웠다. 그녀는 벌떡 일어나 몸을 부들부들 떨었다. 그녀의 목소리도 떨렸다. "어떤 삶 말이에요? 당신이 삶이라고 부르는 것은 무엇인가요?"

그녀가 아무 생각 없이 내던진 질문은 또 다른 질문을 불러일으켰다. 그리고 그게 이미 죽음 그 자체라면? 죽음이라는 것이 이런 건가요?

그녀는 의자를 밀쳤고 의자는 거실을 가로질러 벽에 부딪

했다. 그녀는 악을 쓰고 싶었지만 어떤 단어도 찾지 못했다.
아아아라는 길고 매듭 없는 소리가 그녀 입에서 튀어나왔다.

50

“상탈! 상탈! 상탈!”

그는 비명을 지르며 요동치는 그녀 몸을 품에 껴안았다.

“잠을 깨! 현실이 아니야!”

그녀는 그의 품에서 몸을 떨었고 그는 그녀에게 현실이 아니라고 몇 차례 되풀이하여 말해 주었다.

그녀도 그를 따라 되풀이했다. “아니야, 현실이 아니야. 아니야, 현실이 아니야.” 그리고 천천히, 아주 천천히 그녀는 안정을 되찾았다.

그리고 나는 생각해 본다. 누가 꿈을 꾸었는가? 누가 이 이야기를 꿈꾸었는가? 누가 상상해 냈을까? 그녀가? 그가? 두 사람 모두? 한 사람이 다른 사람을 위해서? 그리고 어느 순간부터 그들의 현실 속 삶이 이런 뻔뻔한 환상으로 변형되었을까? 열차가 영불해협 아래로 들어갔을 때? 그보다 일찍? 그녀가 그에게 런던행을 선언했던 아침일까? 그보다 더 먼저일까? 필적 감정사 사무실에서 그녀가 노르망디 카페의 남자 종업원을 만난 그날부터? 아니면 그보다 더 먼저일까? 장마르크가 그녀에게 첫 번째 편지를 보냈던 때였을까? 하지만 그가 정말 그 편지를 보냈을까? 아니면 단지 상상 속에서만 썼을까? 현실이 비현실로, 사실이 몽상으로 변했던 정확한 순간은 언제일까? 그 경계선은 어디에 있을까? 어디에 경계선이 있을까?

51

나는 조그만 머리맡 스탠드 불빛을 받고 있는 그들 두 사람의 옆머리를 보고 있다. 베개 위에 목덜미를 기댄 장마르크의 머리, 그 위로 십 센티미터쯤 숙인 샹탈의 머리.

그녀는 말했다. "나는 더 이상 당신으로부터 눈길을 떼지 않을 거야. 쉴 새 없이 당신을 바라보겠어."

그리고 말을 멈춘 뒤 "내 눈이 깜박거리면 두려워. 내 시선이 꺼진 그 순간 당신 대신 뱀, 쥐, 다른 어떤 남자가 끼어들까 하는 두려움." 하고 이었다.

그는 몸을 조금 일으켜 입술을 그녀에게 대려고 했다.

그녀는 고개를 내저었다. "아니, 그냥 당신을 보기만 할 거야."

그러더니 다시 말했다. "밤새도록 스탠드를 켜 놓을 거야. 매일 밤마다."

1996년 가을 프랑스

옮긴이 이재룡 성균관대학교 불어불문학과를 졸업하고 프랑스 브장송 대학교에서
박사 학위를 받았다. 현재 숭실대학교 불어불문학과 명예교수이다.
지은이 책으로『소설, 때때로 맑음 1, 2, 3』,『꿀벌의 언어』, 옮긴 책으로
『정체성』,『도살장 사람들』,『도망치기』,『장엄호텔』,『일 년』,『포옹』,
『장의사 강그리옹』,『해를 본 사람들』,『이별 연습』,『가을 기다림』,
『거대한 고독』,『로즈의 편지』,『사랑하기』,『코르다의 쿠바, 그리고 체』,
『고야의 유령』등이 있다.

밀란 쿤데라 전집   Milan Kundera   09

정체성

1판   1쇄 펴냄   1998년 3월 14일
2판   1쇄 펴냄   2012년 5월 18일
3판   1쇄 찍음   2026년 2월 20일
3판   1쇄 펴냄   2026년 3월 10일

지은이   밀란 쿤데라
옮긴이   이재룡
발행인   박근섭 · 박상준
펴낸곳   (주)민음사

출판등록 1966. 5. 19. 제16-490호
주소   (135-887) 서울시 강남구 신사동 506번지
          강남출판문화센터 5층
대표전화 02-515-2000 | 팩시밀리 02-515-2007
홈페이지 www.minumsa.com

한국어 판 © (주)민음사, 1998, 2012, 2026. Printed in Seoul, Korea

ISBN 978-89-374-0469-6 (04860)
     978-89-374-0460-3 (세트)

잘못 만들어진 책은 구입처에서 교환해 드립니다.